長編小説

# ゆうわく堕天使

睦月影郎



竹書房文庫

# 目次

※この作品は竹書房文庫のために
書き下ろされたものです。

# 第一章　いじめられっ子の反撃

## 1

「おい、アンコウ。全員分のパンと飲み物を買ってこい」

下校しようとしていた康一《こういち》は、校門の脇でたむろしていた連中に言われた。

同じ学年の不良たちだ。もう卒業間近だから停学にもならないと高《たか》をくり、好き勝手に悪さしている連中である。

いや、下級生もいた。

連中の子分で、柔道自慢やボクシングジムに通っている奴らは、最初から上級生の康一を舐《な》めてかかり、良いように使い走りをさせているのだった。

もちろん買い物したところで、金は康一持ちなのである。

「分かったのかよ。返事しろ！」

ボス格の、東田治夫《ひがしだはるお》が言った。奴は空手道場に通っている有段者で、この地域の暴走族のヘッドでもあった。

「はい……」

康一は小さく答え、小走りに連中の前を去った。

しかしコンビニに行くのも業腹《ごうはら》なので、そのまま彼は学校の裏山の方へ行った。買い物せず行方をくらましたら、あとで何をされるか分からないが、もう金もないし親にも心配をかけたくなかった。

安堂《あんどう》康一は十八歳。この地方都市、月見《つきみ》が丘《おか》市に住んでいた。高校は、一応は伝統ある私立の男子校だが、進学率の高かったかつてと違い、今は不良が多く、校内も荒れていたのである。

康一は、勉強は優秀だったが運動が苦手な色白小太りで、姓名を省略して「アンコウ」と渾名《あだな》されていた。

しかし、あんな奴らに苛《いじ》められるのも、あと僅《わず》かだ。

今は十二月半ば。年が明けて三学期が始まれば、卒業試験を終えて二月は受験のため自由登校になり、三月一日が卒業式だ。

大学に受かれば上京して、こんな町ともおさらばだった。

山は、月見山《つきみやま》と呼ばれ、頂上には展望台もあって町が見渡せるが、康一が向かったのは、原っぱに囲まれた裏の祠《ほこら》である。

そこは月見神社と言い、山そのものがご神体で、洞窟《どうくつ》に注連縄《しめなわ》が張られて鳥居がある。小さな賽銭箱《さいせんばこ》があるが、特に鈴も社務所もないが、昔からここへ来ると心が落ち着くのだった。

（畜生……、あいつらを地獄へ落としてやりたい……）

康一は思いながら、柏手《かしわで》を打って礼をし、なけなしの五十円玉を賽銭箱に入れた。

すると、そのとき洞窟の中に気配を感じ、康一は目を凝らした。

（え……？）

見ると、中にぼうっと白いものが浮かび上がっているではないか。

目を擦ってよく見ると、それは白い着物に朱色の袴《はかま》を穿いた巫女《みこ》ではないか。

長い黒髪を束ね、可憐な大きな目をし、赤い小さな唇は濡れているように光沢があった。
十六、七歳ぐらいの美少女である。もちろん初めて見る子で、今までここで他の人に会ったことはない。

「ずいぶん怒りが溜《た》まっているわね。ここへ来るたび誰かを呪って、もう怒りのパワーがピークに達しているので、私が姿を現したの」

「な、何のことだか……」

「私の名は奈月《なつき》よ。康一さん」

彼女が言うと、奈月というその名前の漢字まで彼の頭の中に飛び込んできた。まるで言葉とテレパシーを同時に使っているようだ。

「なぜ、僕の名前を……」

康一が奈月に見惚《みと》れながら怪訝《けげん》そうに言うと、そのとき連中の声がした。

「おい、アンコウ！　コンビニにも行かずそんなところで何してやがる！」

治夫が遠くから怒鳴り、他の連中と一緒にこっちへ駆けてきた。

「うわ……」

「早く、中に」

「え……？」

康一が狼狽《うろた》えると、洞窟の中から奈月が手招きした。しかし、ここは以前彼も入ってみたが、すぐ行き止まりになっているだけなのだ。

それでも藁《わら》にも縋《すが》る思いで、康一は賽銭箱を迂回《うかい》して洞窟に入った。

するとと奈月が彼の手を引き、行き止まりになっている岩壁に吸い込まれていった。

「わ、なぜ……！」

一緒に康一も岩壁を通り抜け、肩をすくめながら向こう側に行った。

「もう大丈夫。普通の人間には、この壁は通り抜けられず、ただの行き止まりになっているから」

「普通の人間には、って……、ここは……？」

康一は、周囲を見回して目を丸くした。

中は適温に保たれ、壁は銀色をした金属製か。シェルターのように窓はなく、四角い小部屋だったが、奥にドアらしきものがある。

「私の部屋」

奈月が言う。未来的で殺風景な部屋に、巫女姿が何ともアンバランスだった。

「怒りの想念ばかりで、読み取れるのはあなたの名前だけだったわ。あらためて情報を知りたいので、そこへ座って」

「す、座るって……」

言われて後ろを見ると、いつの間にかベッドが出現し、康一は恐る恐る端《はし》に腰を下ろした。

そこへ奈月が正面から迫り、彼に顔を寄せ、まるで熱でも測るように額同士を密着させてきた。

康一は、生まれて初めて母親以外の女性に触れられ、激しい緊張と興奮に胸が高鳴ってきた。男子校で彼女など出来るはずもなく、結局このままファーストキスさえ知らずに卒業するのだと覚悟していたのだ。

しかし受験勉強の合間にオナニーだけは日に二、三回は抜いて、性欲は人並み以上に旺盛な方だった。

「十一月十日生まれ、蠍《さそり》座のB型。読書家で、将来の志望は作家かエッセイスト。キスも知らない童貞で、好きだったのは中学時代に、近所に住んでいた一級上のお姉さん。今は国語の水原《みずはら》さとみ先生に、保健室の加藤亜矢子《かとうあやこ》先生をオナペットにしているのね」

奈月が額を触れ合わせながら言う。ほんのり湿り気を含んだ甘酸っぱい息の匂いが感じられ、とうとう康一はムクムクと勃起してきてしまった。まして可憐な美少女の巫女が、オナペットなどという言葉を使ったのだ。

「な、なぜ僕のことがそんなに分かるの……。それよりも、なぜ僕を助けてくれたのか……」

「それは、お手伝いして欲しいから。あなたが最適な人材だと分かったし」

ようやく、奈月が額を引き離して言った。

「て、手伝いって……、まさか……」

「まさか、何？」

康一が言うと、奈月が小首を傾《かし》げ、悪戯《いたずら》っぽい眼で彼の顔を覗き込んだ。

「ち、地球征服の手伝いとか……」

「ふふ、確かに私は人間じゃないわ。地球外の生命体よ。使者として、人と同じ構造に作られただけ。だから普通に飲食して生きているの」

「う、宇宙から？　まさか、月？」

康一は、妖《あや》しく美しい少女を見つめ返しながら恐る恐る言った。

「なぜ月だと思うの」

「ここは月見神社だし、君の名前も奈月だから、何となく……」

彼が言うと、奈月はふっと笑みを洩《も》らした。

「確かに月から、この乗物で地球へ来たけれど、月そのものが大きな乗物なのよ」

奈月が言う。

してみると、この部屋は宇宙船の一部で、ずっと以前から月見山の中にあり、洞窟が出入り口だったのだろうか。

「月が乗物？　あれが作られたもの？」

「そうよ、あれは私たちの母船なの。あんなものが偶然に出来るわけないでしょう。太陽と月の大きさは四百倍も違うのに、地球から見て同じ大きさに見えるなんて」

「た、確かに、そんな確率の低い偶然はないかも知れない……」

康一は呟《つぶや》くように言った。

では、遥か古代から、彼らは地球に来ていたのだろう。

奈月は人と同じに作られたと言っているが、実際の彼らの姿形はどのようなものなのか。

それを思うと恐ろしいが、それよりも彼は生まれて初めて美少女と二人きりで話をし、なぜか非現実的な話よりも興奮の方が先に立ってしまった。

「すごいわ、怖がらずに勃起しているなんて」

奈月が驚き、彼の股間を透視したように言った。

「ご、ごめん……、そんないけない気持ちでいるわけでは……」

康一は、羞恥に思わず股間を押さえて答えた。

「ううん、いいの。手伝ってくれるなら、私が初体験させてあげる」

「うわ……、い、いったい何を手伝えば……」

「クズのような人間たちを、やっつけてくれればいいの。あなたの怒りのパワーと、それを解消する爽快感が私たちの役に立つから」

「だって、やっつけるなんて力は僕には……」

「大丈夫」

奈月が再び迫り、彼をベッドに押し倒してきたのだった。

2

「パラレルワールドって、知っているでしょう？」

康一を横たえたまま、奈月が彼の髪を撫《な》でながら囁《ささや》いた。

「う、うん……、無限の可能性を持った世界が、平行に広がっているという……」

「そう。無限にあるあなたの人生の中には、幼い頃から勉強や格闘技に専念したりしているパターンがあって、いろんな可能性があるでしょう。それらのプラス要素の能力だけをあなた一人に集結させるわ」

奈月が言い、とうとう袴の紐《ひも》を解きはじめた。

とにかく康一は、行為をはじめる前に頭の中を整理した。

要するに、パラレルワールドの中の自分は、同じ赤ん坊で生まれても、学業だけに専念した自分がいるかも知れない。あるいは空手や剣道、柔道などに熱中した自分もいることだろう。

それら、自分が精一杯努力して得たパワーが、自分一人に宿るということか。

まあ十八歳だが、十八年近く、毎日毎日格闘技の練習ばかりしていれば、世界一は無理でも、それなりの上位にはなるだろう。

さらに、あらゆる競技を十八年やった能力を全て得られるのだから、相当なものになるかも知れない。

「そんな力を持ったら、僕の心まで変化するのでは？」

「しないわ。あなたの怒りパワーが変わったら困るもの」

「体型は？」

「同じよ。急に変わったら変でしょう？　でも、見かけは同じでも筋肉は違うわ。いわば、プロの格闘家があなたの着ぐるみを着たみたいな感じかしら」

「うわあ、なんか引っ掛かるなあ。確かに自分でも、色白でモテないタイプだとは思っているけれど」

「大丈夫よ。急ではないけど、刻々とパワーに見合う体型には変わっていくから。さあ脱いで」

奈月が、とうとう白い着物まで脱ぎ去って言い、たちまち一糸まとわぬ姿になってしまった。

康一は、生まれて初めて見る美少女の全裸姿に目を奪われた。

しかし、とにかく自分も震える指で学生服のボタンを外して脱ぎ、さらにズボンを脱ぎ去っていった。

靴下と下着まで脱いで全裸になると、奈月が彼の股間に顔を寄せてきた。

「すごいわ、こんなに硬く……」

やんわりと手のひらで幹を包み込み、ニギニギと硬度や感触を確かめるように動かした。

「アアッ……！」

康一は、初めて人から与えられる快感に喘《あえ》ぎ、急激に絶頂を迫らせた。

奈月が実際には何歳ぐらいで、人間の男とのセックスを経験しているのかどうかも分からないが、今はとにかく快感で何も考えられなくなってしまった。

「い、いきそう……」

「いいわ。最初は飲ませて。性欲のパワーも誰よりも強くするから、続けて何度でも出来るわ」

奈月が言うなり、大股開きの彼の股間に腹這《はらば》い、本格的に顔を寄せてきた。

束ねた長い黒髪が肩からサラリと流れて内腿《うちもも》をくすぐり、まず彼女は舌を伸ばして陰嚢《いんのう》をチロチロ舐め回した。

「はひひ……！」

康一は、ゾクゾクと快感が走るような刺激に息を震わせた。

奈月は二つの睾丸《こうがん》を舌で転がし、袋全体を生温かな唾液にまみれさせてから、ペニスの裏側をゆっくり舐め上げてきた。

滑《なめ》らかな舌先が先端まで達すると、奈月は幹を指で支えながら、尿道口から滲《にじ》む粘液を舐め取り、さらに張りつめた亀頭をパクッとくわえてきた。

「ああ……」

康一は、夢の中にいるような愉悦《ゆえつ》に喘ぎ、ただ硬直した全身をヒクヒク震わせるだけだった。

そのまま奈月は、モグモグとたぐるように根元までスッポリと含んできた。

そして幹を口で丸くキュッと締め付けて吸い、熱い鼻息で恥毛をそよがせた。

口の中では、クチュクチュと舌が蠢《うごめ》き、たちまちペニス全体は謎の美少女の唾液に生温かく浸った。

「い、いく……！」

康一はひとたまりもなく口走り、無意識にズンズンと股間を突き上げてしまった。

すると奈月も髪を揺らして顔を上下させ、濡れた口でスポスポと強烈な摩擦《まさつ》を開始してくれたのだ。

「ああッ……！　出る……」

彼は熱く喘ぎ、大きな絶頂の快感に全身を包まれてしまった。

同時にありったけの熱いザーメンが、ドクンドクンと勢いよくほとばしり、奈月の喉の奥を直撃した。

こんな美少女の口を汚して良いのだろうかという一抹《いちまつ》の思いも、たちまち禁断の快感に押し流されていった。

「ク……、ンン……」

噴出を受け止めながら奈月が熱く鼻を鳴らし、さらに舌をからめながらチュ－ーッと吸い付いてくれた。

「あうう……」

康一は、魂《たましい》まで吸い取られるような快感に呻《うめ》いた。

やはりオナニーでの放出とは段違いで、吸われると脈打つリズムが無視され、何やらペニスがストローと化し、陰嚢から直《じか》に吸い出されているようだった。

そして奈月の意思で吸っているのだから、口を汚す罪悪感など抱かなくて良いのだった。

たちまち最後の一滴まで絞り尽くし、康一はすっかり満足しながらグッタリと身を投げ出した。

すると奈月も舌の蠢きと吸引を止め、亀頭を含んだまま口の中いっぱいに出されたザーメンをゴクリと一息に飲み込んでくれた。

「く……」

嚥下《えんげ》とともに口腔《こうこう》がキュッと締まり、康一は駄目押しの快感に呻いた。

ようやく奈月がチュパッと軽やかな音を立てて口を離すと、なおも幹を握ってしごき、尿道口に脹《ふく》らむ余りの雫《しずく》まで丁寧に舐め取ってくれた。

「く……、ど、どうか、もう……」

康一は過敏に反応し、ヒクヒクと幹を震わせながら降参するように口走った。

やがて奈月も舌を引っ込め、チロリと可憐に舌なめずりした。

「美味《おい》しいわ。生きた精子……」

奈月が言い、添い寝してきた。そして腕枕してくれ、康一も息を弾《はず》ませながら余韻《よいん》の中で胸に縋り付いた。

「さあ、今度は私を好きにしていいわ」

奈月が果実臭の息を弾ませて囁き、彼の顔に白いオッパイを押しつけてきた。

たちまち余韻など吹き飛び、新たな淫気に包まれた康一は、むしゃぶりつくようにピンクの乳首に吸い付いていった。

「あん……」

奈月が可憐に声を洩らし、ビクリと肌を震わせた。

反応が演技なのかどうか分からないが、とにかく康一は夢中になって舌で乳首を転がし、柔らかな膨《ふく》らみに顔中を押し付けて感触を味わった。

彼女が仰向《あおむ》けの受け身体勢になっていったので、康一ものしかかりながら、もう片方の乳首も含んで舐め回し、さらに腕を差し上げて腋《わき》の下にもギュッと顔を埋め込んでいった。

そこはスベスベだが生ぬるく湿り、嗅ぐと甘ったるい汗の匂いが鼻腔に沁み込んできた。

やはり匂いも、人間の少女と同じように作られているのだろう。まあ童貞の康一には、それが多くの少女と同じ匂いかどうか分からないのではあるが。

充分に奈月の体臭を嗅いでから、滑らかな肌を舐め下り、彼は愛らしい縦長の臍《へそ》を舐め、ピンと張り詰めた下腹部にも顔を押し付けて弾力を味わった。

この中には、ちゃんと脂肪や内臓も作られているのだろう。

丸みのある腰からムッチリとした太腿へ舌で移動し、彼は奈月の脚を舐め下りていった。

本当は早く憧れの股間を見たいのだが、せっかく口に出したばかりなのだから、性急に終わらせるのは勿体《もったい》ない。今は初めての女体を隅々まで観察して味わい、最後に割れ目に行こうと思った。

足首まで行くと足裏に回り込み、康一は奈月の踵《かかと》から土踏まずを舐め、指の股に鼻を割り込ませて嗅いだ。

そこは汗と脂《あぶら》に生ぬるく湿り、蒸《む》れた匂いも籠《こ》もっていた。

彼は美少女の足の匂いを貪《むさぼ》ってから爪先をしゃぶり、桜色の爪を舐め、全ての指の間にヌルッと舌を割り込ませて味わった。

もう片方の足も味と匂いが薄れるまで貪り、やがて彼女をうつ伏せにさせた。

奈月も素直に腹這いになってくれ、彼は踵からアキレス腱、脹《ふく》ら脛《はぎ》からヒカガミ、太腿から尻の丸みに舌を這わせていった。

「強く嚙《か》んでも構わないわ」

「本当？」

言われて、確かに人でないのならば大丈夫と思い、柔らかな尻に歯を立てた。

3

「アア……、いい気持ち……、もっと強く嚙んで……」

奈月がピクンと尻を震わせて喘いだ。

康一も顎が疲れるほど強く歯を食い込ませ、肌の弾力を味わった。しかし口を離しても、僅かに歯型が印《しる》されただけで血は出なかった。

そのまま腰から滑らかな背中を舐め、ときに嚙み、肩まで行って黒髪に鼻を埋めて甘い匂いを嗅いだ。

耳の裏側も舐め、うなじから背中に戻り、また尻まで戻ってきた。

そして彼女に俯《うつぶ》せのまま股を開かせて腹這い、白く形良い尻に顔を迫らせた。

両の指で谷間をムッチリ開くと、そこには可憐な薄桃色の蕾《つぼみ》がひっそり閉じられていた。

鼻を埋め込むと、秘めやかな微香が籠もり、馥郁《ふくいく》と鼻腔を刺激してきた。

どんな神秘的な女の子でも、ちゃんと穴があるのが嬉しかった。

康一は微香を貪ってから、舌先でくすぐるようにチロチロと蕾を舐めて濡らし、ヌルッと潜《もぐ》り込ませて粘膜も味わった。

「あう……」

奈月が息を詰めて呻き、キュッときつく肛門で彼の舌先を締め付けてきた。

康一は舌を蠢かせ、ようやく顔を上げて再び彼女を仰向けにさせていった。

奈月も素直に寝返りを打ち、彼は片方の脚をくぐり、ようやく女体の神秘の部分に顔を迫らせた。

滑らかな内腿に挟まれた空間には熱気と湿り気が籠もり、康一は近々と鼻先を寄せて目を凝らした。

ぷっくりした股間の丘には、ほんのひとつまみほどの若草が恥ずかしげに煙り、丸みを帯びた割れ目の縦線からは、僅かにピンクの花びらがはみ出していた。

(ああ、美少女の股間……!)

康一は感激と興奮に胸を高鳴らせ、そっと指を当てて陰唇を左右に広げた。

微かにクチュッと湿った音がして開かれ、中身が丸見えになった。

中はヌメヌメと潤《うるお》う綺麗なピンクの柔肉。下の方には花弁状に襞《ひだ》の入り組む膣口《ちつこう》が息づき、ポツンとした尿道口も確認でき、さらに包皮の下からは、真珠《しんじゅ》色の光沢あるクリトリスがツンと突き立っていた。

ようやく女性器に辿《たど》り着いたという思いと、あまりに艶《なま》めかしい眺めに堪《たま》らず、康一は吸い寄せられるように顔を埋め込んでいった。

柔らかな恥毛に鼻を擦りつけて嗅ぐと、腋の下に似た甘ったるい汗の匂いが濃厚に籠もり、下の方にはほんのりしたオシッコの匂いも入り混じり、悩ましく鼻腔を掻《か》き回してきた。

陰唇の内側を舐めると、淡い酸味のヌメリが舌の動きを滑らかにさせた。

これが愛液の味なのだと思い、彼は舌先で膣口の襞をクチュクチュ掻き回し、柔肉をたどってクリトリスまで舐め上げていった。

「アアッ……、いい気持ち……！」

奈月がビクッと顔を仰《の》け反《ぞ》らせて喘ぎ、内腿でキュッときつく彼の両頬を挟み付けてきた。

康一は女性が最も感じるらしいクリトリスをチロチロと弾《はじ》くように舐め、さらに溢れてくる蜜をすすった。

「い、入れたいわ……」

奈月が声を上ずらせて言い、ヒクヒクと白い下腹を波打たせた。

もちろん康一も、すっかり回復して待ちきれなくなっていた。

「ね、奈月さんが上になって」

彼は股間から這い出し、かねてからの願望を口にした。

「奈月でいいわ……」

「じゃ奈月、お願い。最初は下から女性を仰ぎたいんだ」

言うと彼女が身を起こしてきたので、康一も入れ替わりに仰向けになった。

すると奈月が、もう一度屈み込んで亀頭をしゃぶり、唾液でヌメリを補充し、すぐに起き上がって跨《また》いできた。

自らの唾液に濡れた先端に、愛液の溢れる割れ目を押し当てると、やがて彼女が位置を定めて息を詰め、ゆっくり腰を沈み込ませた。

張りつめた亀頭が潜り込むと、あとは潤いと重みでヌルヌルッと滑らかに根元まで呑み込まれていった。

「アアッ……、いいわ、奥まで響く……」

奈月が身を反らせて喘ぎ、完全に座り込んで股間を密着させた。

康一も、肉襞の摩擦と熱いほどの温《ぬく》もり、きつい締め付けですぐにも漏《も》らしそうになるのを必死に堪えた。

やはり口に出して飲んでもらうのも良いが、こうして一つになり、双方が気持ち良くなることが最高なのだと実感した。

奈月は艶めかしい顔で喘ぎ、何度かグリグリと股間を擦りつけてから、やがて身を重ねてきた。

康一も下から両手を回して抱き留め、感触と温もりを噛み締めた。

(とうとう、卒業前に初体験できた。相手は人じゃないけど……)

彼は思い、もう何だろうと、彼女の可憐さと初体験の心地よさで大きな悦《よろこ》びに包まれた。

「好きなときにいって。それであなたは生まれ変わるのよ……」

奈月が顔を寄せ、かぐわしい息で囁き、緩《ゆる》やかに腰を動かしはじめた。

「ああ……」

康一は快感に喘ぎ、動きに合わせてズンズンと股間を突き上げた。

そして近々と迫る可憐な顔と、肉襞の摩擦で急激に高まった。

するど奈月が上からピッタリと唇を重ね、ヌルリと滑らかな舌を挿《さ》し入れてきたのだった。

「ンン……」

さらに舌をからめて熱く鼻を鳴らしながら、彼女はトロトロと大量の唾液を注ぎ込んだのである。

康一は股間を突き上げ、小泡の多い生温かな粘液を飲み込んで喉を潤し、甘酸っぱい息に酔いしれながら、とうとう昇り詰めてしまった。

ガクガクと身を震わせながら、熱い大量のザーメンを勢いよく膣内に注入すると、

「ク……！」

奈月も噴出を感じたようにビクリと身を強《こわ》ばらせ、小さく呻いた。そして彼女もオルガスムスに達したように狂おしく身悶えながら、キュッキュッと膣内の収縮を激しくさせたのだ。

康一は、なおも注がれるトロリとした唾液を飲み込みながら、いつになく延々とザーメンをほとばしらせ続けた。

その射精と快感があまりに長いが、奈月の吐き出す唾液を飲み込んでいると、まる

で循環するようにザーメンが尽きないのである。

彼は、ザーメンとともに自分の脂肪や贅肉が排出されてゆき、代わりに奈月の唾液を吸収しながら強靭《きょうじん》な筋肉が全身の隅々に行き渡ってくるのを感じた。

正に、生まれ変わってゆく瞬間であった。

パラレルワールドに無限に存在する自分。中には柔道や剣道一筋に生き、インターハイに出場した自分もいるかも知れない。あるいは空手や合気道、ボクシングに熱中した青春を送った自分もいるだろう。

そして勉学一筋、今の自分よりもっと優秀な学力を持った自分もいる。さらには、女体を知り尽くしている自分がいるかも知れない。

もちろん平凡だったり病弱だったりした自分も山ほどいるだろうが、何しろ数は無限であるし、そのようなマイナス要素は含まれないのだから無敵だ。

とにかく、それらの自分の努力した結果の能力が、この一人の身に集結したのである。一人一人に十八歳の限界はあっても、無限の人数分の力となれば、これはもう超人のレベルであろう。

もう大学の願書も、東大だけに絞れば良い。

その前に今まで自分を苛めてきた連中への復讐、そして奈月から頼まれた社会のクズたちの粛清《しゆくせい》だ。

もう受験勉強などしなくても合格するだろうから、あとは卒業まで、奈月に与えられた使命を全うしようと思った。その使命は地球を良くしこそすれ、間違っても滅亡には進まないだろう。

ようやく奈月が唇を離すと、康一も長かった射精を終え、全て出し尽くした。

彼は深い満足の中で突き上げを止め、グッタリと身を投げ出した。

奈月も力尽きたように彼にもたれかかり、なおも息づくような膣内の収縮が続いた。

それに刺激され、ペニスがヒクヒクと過敏に内部で跳ね上がった。

そして康一は、美少女の重みと温もりを受け止め、甘酸っぱい息の匂いで鼻腔を満たしながら、うっとりと快感の余韻に浸り込んでいったのだった。

「ああ、気持ち良かったわ……」

奈月が言って呼吸を整えると、そろそろと股間を引き離した。

そして身を起こして彼の股間に屈み込み、愛液とザーメンに濡れたペニスをしゃぶって綺麗にしてくれたのだった。

「生まれ変わった気分はどう？」

「うん、気持ちは変わらないけど、身体には力が漲《みなぎ》ってる……」

訊《き》かれて、康一も自身の内部を探るように答えた。

自分の腕や胸を見ても、今までと全く変わっていない。それでも、多くのパワーが秘められている気がした。

彼女がベッドを下りて巫女の衣装を着たので、康一も起き上がって身繕《みづくろ》いをした。

「じゃ、外へ出て試して。倒した相手の始末は、私がするから」

「こ、殺すの？」

「とんでもない、叩きのめすだけでいいわ」

奈月に言われ、康一は安心したものだった。

4

「あれえ、お前どこにいやがった」

康一が洞窟を出ると、一人だけ原っぱに残って一服している奴がいた。奈月はついて来ず、康一だけ外に出してもらったのだ。

いたのは二年生の柔道部員、西川辰也《にしかわたつや》だ。十七歳だが身体が大きく、筋肉質の豚という感じである。

辰也は不良仲間と付き合い、滅多にクラブ活動には出ないが、柔道二段であり、試合には出れば勝つので天狗《てんぐ》になっていた。

「お前とは何だ、上級生に向かって」

「なにい？」

いつにない康一の言葉に、辰也は勢い込んで立ち上がり、吐き出したタバコを靴で踏み消した。

「お前、頭がおかしくなったんじゃねえのか。パシリ野郎のくせに」

「バカを相手にしたくなかっただけだ。だが今日からは違う。ちょうど一対一だ。度胸があるならかかってこい」

康一は、全く恐怖を感じなかった。

辰也の柔道の技量も読め、自分の敵でないことも分かる。それよりは、今までの自分への仕打ちに対する怒りが大きかった。

「やっぱりおかしいぜ。でも面白え。たまには俺も実戦しねえとな」

辰也も闘志に火を点《つ》け、肩を怒らせて康一に迫ってきた。カラーもしていない詰襟《えり》と、第一第二ボタンが外されている。康一を舐めてかかっているので、腕も足腰も隙だらけだった。

そして間合いを詰めると、いきなり辰也は勢いよく飛びかかって康一の腕と肩を摑《つか》んできた。

そのまま体重にものを言わせ、大外刈りを飛ばす気だろう。

しかし、一瞬で奴の巨体は大きく宙に舞っていた。康一は右膝を突き、両腕だけで辰也のバランスを崩し、テコの原理で一回転させていたのである。

「ぐええ……！」

弧を描いて草むらに腰から落ち、あまりに素早い技で受け身を取り損ねたか、辰也は奇声を発して苦悶した。もっとも、そもそも受け身を取る事態になるなど予想もしておらず、油断しきっていたのだ。

「て、てめえ……、何をしやがった……」

「浮き落としだ。投げの形《かた》で習っただろう」

「な、なに……！」

辰也は必死の形相で身を起こし、フラつきながら摑みかかってきた。

その腕を取って背を向け、身を沈めて壮絶な一本背負い。

なるほど、柔道の技とは実に合理的に考案され、大して力など入れずに相手を投げられるのだなと思った。

つけられていた。

再び宙に舞い、信じられない思いで辰也が声を洩らし、同時に地響きを立てて叩き

「うわ……！」

「どうだ。これからは敬語を使えよ」

「く……！」

近づいて言うと、辰也は憤怒《ふんぬ》の形相で懸命に起き上がろうとした。

「まだ参らないか」

康一は言って半身を起こした奴の背後に回り、前腕を喉に当てて渾身《こんしん》の裸絞め。

あっという間に辰也は絶息し、失禁しながらガックリと落ちた。これで活《かつ》を入れて息を吹き返らせてやれば、もう二度と上級生を小馬鹿にした口は利かなくなるだろう。

しかし、そこへ奈月が姿を現したのだ。

「待って、活は入れなくていいわ。このまま中へ連れて行く」

「ど、どうするの……」

「殺しはしないわ。生かしたまま、その生命エネルギーを使うの」

「何のために。どうやって？」

「それは、いずれ話すけれど、今はまだその段階じゃないわ」

「じゃ、こいつはもう世間からは蒸発？」

「そう、どうせゴミでしょう。同情するほどあなたの怒りパワーは弱くないはずよ」

「それもそうだな」

「そうでしょう。あなたが疑われるようなことは決してしないから」

奈月は笑みを洩らして言い、そのまま辰也の襟首を摑むと、信じられない力でズルズルと鳥居の間へと引っ張っていった。

「じゃまたね」

奈月は言い、そして洞窟に姿を消した。

それを見送り、康一はすっかり暗くなった町を急いで帰宅したのだった。

住宅街にある家は、ごく普通の一軒家。父親は隣の市にある電機工場の社員、母はスーパーのパートだ。

三人で夕食を済ませ、風呂に入ると康一は二階の自室に上がっていった。

六畳の洋間にベッドと学習机、あとは作り付けのクローゼットと多くの本棚だけ。

ラジカセでたまに音楽は聴くが、テレビはない。

とにかくこの半年余り、受験勉強だけに専念し、合間に熱烈にオナニーしていただけの生活だった。

それが、もう勉強しなくて済む。どの教科の参考書を見ても、悉《ことごと》くスラスラと理解できた。

これもパラレルワールドで、猛勉強してくれた別の自分のおかげだ。

そして裸になって身体を見てみたが、特に筋肉があるように見えないのに、身体が軽く力が漲っている。

遠い宇宙の星から来た奈月にとっては、康一の肉体改善など、折り紙を広げて別の形に折り返すぐらい造作もないことなのだろう。

正に、康一という小太りでダサい着ぐるみの中身が、頭脳明晰《めいせき》かつ一流の格闘家になっているということだった。そして精力も、恐らく全国の十八歳の中では康一がいちばん強くなっているだろう。

今までだって、オナニーの回数は人に負けないぐらいだと思っていたが、それ以上になったのだ。

彼は、頭脳も肉体の強さも世界中の十八歳のナンバーワンになった喜びとともに、奈月との初体験の思い出も大きく胸に残っていた。

人間でなくても構わない。あれほど可憐な美少女を抱き、最高の快楽を得たうえに圧倒的なパワーももらえたのだ。平凡な女性との体験よりずっと良い。

康一は、奈月の匂いや感触を思い出してオナニーしたかったが、今日は控えた。

何しろ明日から、実際に人間の女性を相手に出来るだろうし、誰だろうと落とす自信は満々である。

だから康一は明日の朝、今日のことが夢でないことを祈りながら、今夜は早寝したのであった……。

5

「おい、アンコウ。てめえ昨日どこへ隠れやがった。コンビニへ買い物に行けと言ったはずだぞ」

昼食を済ませて学食を出ると、東田治夫が康一に声をかけてきた。

もう期末テストも終わり、あとは終業式まで半日授業となっているから、今日はこれで帰れる。

もちろん康一は、朝起きても自分のパワーを充分すぎるほど感じ取っていた。

「ああ、裏山を伝って逃げただけだ」

「なに、その言葉遣《づか》いは何だ」

治夫は、すぐにも康一の物腰に変化を感じてからんできた。

「今までの飲食代で立て替えた分、合計が二十三万八千五百二十一円だ。皆で集めて返してくれ」

「ふうん、いい度胸じゃねえか。昨日、逃げ切れたことで自信がついたか」

治夫が言い、口を歪めて笑った。彼も、他の生徒が多い学食前でいきなり暴力をふるうことはなかった。

「いいだろう。返してやるから少し付き合え」

治夫は言って康一の肩に手を回し、そのまま学食脇にある運動部の部室に彼を連れ込んでいった。

中に入ると、二人の不良がいて、麻雀卓《マージャン》を前にしていた。

「おう、東田。メンツ連れてきたか」

「ああ、こいつだ」

二人が言い、治夫が康一を指して答えた。

「何だ、てめえ麻雀できるのか」

「ゲームでならやったことがある」

「ふん、まあいい」

三人は言い、タバコを吸いながら場所決めをした。

そして席に着き、牌《はい》を掻き回して積みはじめた。

「ここで取り返すんだな。千点百円だ」

治夫が言う。ならばハコテンで三千円だ。

「ただし青天井ルールだからな、役は全て数えて加算する。誰かが飛んだら終了だ」

「ああ、分かった」

もちろん康一は、麻雀に熱中していた別の自分のパワーを借り、さらにマジシャンを目指していた力も加えて鮮やかに積み込みをした。

サイコロを振ると、康一が親。ドラは中。

やがて牌を取ってゆき、康一は整理し、いきなり十四牌を表に倒した。

「何だ、九種九牌で流すのか」

「いや」

治夫に答えた康一の手牌は、

「天和《テンホウ》、大三元《ダイサンゲン》、四暗刻《スーアンコウ》、字一色《ツーイーソー》。そしてダブ東、三元牌《サンゲンパイ》、トイトイ、ドラ3、チャンタも入れれば数え役満だから、五倍役満。全員飛んで一人マイナス五十五」

「な、なにい……！」

康一が言うと、三人は目を丸くして牌を覗き込んだ。

「て、てめえ、イカサマやったな！」

治夫が怒鳴り、卓を叩いて立ち上がると、他の二人も気色ばんで椅子を蹴った。

しかし、その時である。

いきなりドアが開いて、担任の国語教師、二十五歳になる水原さとみが入ってきたのである。

知的なメガネ美人で巨乳、康一が何度も妄想でオナニーのオカズにしていた憧れの女教師だ。

「まあ、あなたたち何やってるの。タバコなんか吸って！」

備品検査に来たらしいさとみが驚いて言うと、三人はふて腐れたように彼女の脇をすり抜けて部屋を出て行った。

この学校は不良が多いから、女教師はみな防犯ブザーを所持し、何かあれば他の男性教師が飛んでくることになっている。そうでもしなければ、さとみのような美人はすぐにも犯されてしまうことだろう。

「どうして安堂君まで……、そう、強引に誘われたのね」

さとみは言い、すぐに察してくれた。

「ええ、でも来てくれて助かりました」

康一は言い、普段通りの真面目な態度を取った。

「そう、進路相談をしたかったから、ちょうど良かったわ。指導室に来て」

「でも、連中にまた追い回されるから。綺麗な先生と校内で一緒だと、余計に」

康一は、股間を熱くさせて答えた。

今日は、どうにも彼女を攻略したいと思った。何しろ彼の願望は、卒業までにさとみにセックスの手ほどきを受けることだったのである。

「そう、いいわ。じゃ外へ出ましょうか。私ももう今日は帰れるから」

「僕、先生の家に一度行ってみたいです。本棚とか見たいし」

康一が言うと、通常なら断られるだろうが、さとみも今日の彼の落ち着き払った様子に呑まれ、何やら分からない魅力に無意識に突き動かされたようだ。

「じゃいらっしゃい。でも誰にも内緒だから、離れて歩いて」

さとみは言い、すぐ職員室にバッグを取りに戻っていった。

康一も教室に戻って鞄《かばん》を取り、靴を履き替えて校門を出た。幸い東田たちはどこかへ行ってしまったらしく、からまれるようなこともなかった。

間もなくさとみも出て来たので、彼は会釈だけして、先に歩いて行く彼女を追い、距離を置いて歩いた。さとみが一人暮らししているハイツは、学校から歩いて十分足らずの場所にあるのだ。

やがて歩いていると、さとみは住宅街に入り、一軒のハイツに入っていった。

年賀状などの遣《や》り取りで場所は知っているが、中まで入るのは初めてだ。

彼女の部屋は一階の端。すぐドアを開けると、さとみが迎えてくれた。

「散らかっているけど」

「お邪魔します」

言われて靴を脱いで上がり込むと、さとみはドアを閉めて、自然な仕草で内側からロックした。

とうとう、憧れの女教師と密室に入ったのだ。

中は綺麗に整頓された三畳ほどのキッチンに、奥は六畳。窓際にベッドがあり、手前に机と本棚。掃除も行き届いているが、さすがに生ぬるく甘ったるい匂いが室内に立ち籠めていた。

さとみは暖房を入れ、お湯を沸かしてから上着を脱いだ。

康一も、形ばかり本棚の前に座って背表紙を眺めた。

「この部屋に生徒が来るなんて初めてよ。私、言われて何となくＯＫしてしまったけれど、どうしてかしら……」

紅茶を入れながら、さとみが不思議そうに言った。

「そう、でも嬉しいです。先生のお部屋に入れて」

やがてキッチンの小さなテーブルで向かい合わせに座り、紅茶をすすった。

「悪い連中にたかられているんじゃない？　私も前から気にしていたのだけれど」

さとみが済まなそうに言う。

薄々分かっていながら、女の身で面倒なことを避けてきたことに責任を感じているようだ。確かに不良たちと渡り合うには、さとみはまだ若くて経験不足が否《いな》めないだろう。

「いいえ、大丈夫です。もともとそんなに小遣いも持っていないし、年が明ければ受験や自由登校になって忙しいから」

「そうね、もう卒業まで二ヶ月半だし、二月はほとんど登校はないから、正味一ヶ月ちょっとだわ」

「ええ」

「志望大学は？」

「今朝願書を出してきました。東大の文科一本です」

「まあ……」

言うと、さとみが驚いて絶句した。確かに学内では康一は優秀な方だったが、それは高望み過ぎるという眼差《まなざ》しである。

「無理でもいいんです。どちらにしろ東京へ出るつもりですから」

「そう……、受かれば、うちの学校も伝統ある昔のように活気が出てくるわ。応援するから頑張ってね」

「はい、有難《ありがと》うございます」

康一は紅茶を飲み、機を窺《うかが》った。

「それにしても安堂君、何となく変わったわ。いつからというのは分からないけれど落ち着きが出て、自信を持って突き進んでいきそうな雰囲気が備わってきたわね」

「そうでしょうか」

「ええ、急に大人びてきたみたい」

「そんなことないです。まあ受験の方はやるだけやりますけど、全く青春を謳歌《おうか》してきませんでした。男子校だから彼女もできなかったし」

「そう、それは大学に入ってからの楽しみね」

さとみが言い、康一は彼女の美しいセミロングの髪と、ブラウスの豊かな膨らみに魅せられながら、とうとう切り出すことにした。

「僕、卒業までに何とかファーストキスを経験したいとか、童貞を捨てたいとか思っていたんですけど、さとみ先生が手ほどきしてくれませんか」

「え……？」

言うと、さとみが一瞬理解できなかったように小首を傾げて訊いた。

「もし今日、体験させて頂けたら、あとは受験に専念するだけです」

「なに言ってるの、安堂君……」

ようやく話を把握し、さとみが怒ったように言った。

メガネのレンズに、康一自身の影が映っていた。

「お願いします。僕、三年間さとみ先生のことばっかり思ってました」

康一は手を膝に置き、深々と頭を下げて懇願《こんがん》した。

「だって、そんなこと、出来るわけないでしょう……」

「彼氏とか婚約者とかいますか？」

「それは別に、今はいないけれど……」

　さとみは正直に答えた。

　どうやら康一の別の人生では、催眠術や洗脳の名人、人心を魅了するタイプもいたのだろう。

　何しろ、無限の可能性が自分一人に結集しているのだから強い。

「僕が今日ここへ来たことは二人だけの秘密ですから、どうか」

　彼は立ち上がり、向かいにいるさとみの手を握って引っ張り、奥のベッドの方へと連れて行った。

「ま、待って、困るわ……」

「どうしても好きなんです。不良たちに苛められてばっかりだったから、一つだけ良い思い出を下さい」

　尻込みするさとみをベッドに座らせ、さらに康一は頼み込んだ。

　力ずくで強引に犯すことは簡単だが、それでは不良たちと同じになってしまう。ここは彼女の意思で、一から教えてもらうのがベストなのだ。

　すると洗脳効果であろうか、さとみも徐々に、常に気にかけながら不良たちから助けられなかった罪悪感も手伝って、次第にその気になってきたようだ。

「わ、分かったわ……。ここを出た途端、何もなかったことにして……」

さとみが、ようやく頷《うなず》いて言った。

「はい、約束します。じゃ、どうか脱いで……」

彼も期待と興奮に激しく胸を高鳴らせながら言い、自分も学生服を脱ぎはじめた。

どんなパワーを持っていても、やはりセックス体験は緊張するものだ。何しろ、人間の女性とするのは初めてなのだ。

やがて二人は、一糸まとわぬ姿になっていった。

# 第二章　女教師のいけない欲望

## 1

「ああッ……、信じられないわ。生徒とこんなことを……」

ベッドに横たわったさとみに腕枕され、康一が身体をくっつけると、彼女は声を震わせて言った。

康一は、胸に縋りながらさとみの顔を見た。

メガネを外すと、睫毛《まつげ》の長い切れ長の目が閉じられ、ぷっくりした肉厚の唇が半開きになって喘いでいる。

不良たちを無用に刺激しないよう、ほとんどスッピンに近い薄化粧だ。

さすがにオッパイは形良く、透《す》けるように色白で豊かに息づいていた。

乳首と、張りのある乳輪は綺麗な薄桃色で、ほんのり汗ばんだ胸元や腋からは、奈月よりも濃く甘ったるい体臭が悩ましく漂っていた。

康一はさとみの腋の下に鼻を埋め込んで嗅ぎ、豊かな膨らみに手を這わせ、乳首をいじった。

「アア……」

さとみは刺激と、生徒と肌を密着させているという緊張に喘いだ。

自分でも冷静になれば、なぜこんな展開になったか分からないだろう。

とにかく康一は、憧れの美人先生に専念した。

腋の下はスベスベに手入れされているが、生ぬるくジットリと湿り、甘ったるいミルクのような汗の匂いが濃厚に沁み付いていた。

康一は、さとみの体臭で心地よく胸を満たし、舌を這わせた。

彼女は、少しもじっとしていられないようにクネクネと身悶え、熱い呼吸を繰り返し、次第に乳首がコリコリと硬くなってきた。

康一は移動し、さとみを仰向けにさせてチュッと乳首に吸い付いていった。

「あう……！」

さとみがビクッと顔を仰け反らせて呻き、激しく彼の顔を胸に抱きすくめてきた。

康一は顔中を柔らかな膨らみに押し付けて感触を味わい、舌で乳首を転がした。ヒクヒクと彼女が反応するたび、さらに甘ったるい匂いが揺らめいた。

二十五歳で処女ということはないだろうが、恐らく男を知っていても一人、多くて二人ぐらいであろう。

彼は、女体の反応に詳しい別の自分の知識からそう判断したが、もちろん自分の肉体で人間の女性を抱くのは初めてだから、テクニックは多少手慣れた感じでも、心の中は感激と興奮でいっぱいだった。

もう片方の乳首も含んで舐め回し、充分に味わってから彼は滑らかな肌を舐め下りていった。

形良い臍を舐め、弾力ある腹部に顔を押し付けながら膝で彼女の両膝を割り、開かせた股間に陣取って腹這いになった。

本当は足まで舐めたかったが、彼女があまりに朦朧《もうろう》となる前に羞恥反応が見たくて、いきなり割れ目に顔を寄せたのだ。

「ね、先生。もっと力を抜いて開いて」

「い、いや……、見ないで……恥ずかしいから」

股間から言うと、さとみは嫌々をして答えた。

「どうなっているのか、見ないと分からないので」

彼は言いながら、白くムッチリとした内腿を舐め上げ、強引に中心部に鼻先を迫らせた。

ふっくらした股間の丘には、意外なほど黒々と艶《つや》のある恥毛が濃く茂っていた。

割れ目は肉づきが良く丸みを帯び、間からはピンクに色づいた花弁がはみ出し、股間全体には熱気が籠もっていた。

指を当てて陰唇を広げると、やはり中は綺麗な柔肉で、うっすらと潤いを帯びていた。膣口の襞もヌメヌメと露《つゆ》を宿して息づき、ポツンとした尿道口も確認でき、包皮の下から突き立ったクリトリスは、奈月よりも大きく亀頭の形をし、小指の先ほどもあった。

「先生の割れ目、とっても綺麗」

「も、もういいでしょう……」

言うと、さとみが声を震わせ、羞恥にキュッキュッと膣口を引き締めた。

康一は我慢できず、ギュッと顔を押し付けて柔らかな茂みに鼻を擦りつけた。

「あう……、何やってるの、シャワーも浴びていないのに……」

さとみが驚いたように言い、言葉とは裏腹にきつく彼の顔を内腿で挟み付けた。

恥毛の隅々には、やはり汗とオシッコの匂いが生ぬるく入り混じり、嗅ぐたびに悩ましく鼻腔を刺激してきた。

「先生のここ、いい匂い」

「アア……、嘘……」

わざと犬のようにクンクンと鼻を鳴らして嗅ぎながら言うと、さとみは激しい羞恥に懸命に腰をよじり、白い下腹をヒクヒク波打たせた。

舌を這わせると、陰唇の表面は汗かオシッコか判然としない微妙な味わいがあり、中に差し入れて膣口を探ると、やはり淡い酸味が感じられ、次第に舌の動きが滑らかになっていった。

クリトリスを舐め上げると、

「ああッ……！」

さとみがビクッと反応し、熱く喘いだ。

執拗《しつよう》にチロチロとクリトリスを舐め回し、時にチュッと吸い付くと、格段に愛液の量が増していった。

さらに彼はさとみの両脚を浮かせ、見事な逆ハート型の尻に迫り、ひんやりする双丘に顔中を密着させ、可憐なピンクの蕾に鼻を埋め込んで嗅いだ。

やはり淡い汗の匂いに混じり、秘めやかな匂いが鼻腔を刺激してきた。

康一は美人教師の恥ずかしい匂いを貪ってから、舌先でチロチロと蕾を舐め、細かに震える襞を濡らしてから潜り込ませ、ヌルッとした粘膜を味わった。

「く……！」

さとみは息まで詰まったように呻き、キュッときつく肛門で舌先を締め付け、鼻先にある割れ目からトロトロと愛液を漏らしてきた。

康一は出し入れさせるように舌を蠢かせてから、再び大洪水になっている割れ目に戻ってヌメリをすすり、クリトリスに吸い付いた。

そして膣口に指を差し入れ、内壁を小刻みに摩擦すると、

「も、もう駄目……、アアーッ……！」

さとみはガクガクと狂おしく腰を跳ね上げ、膣内を収縮させながら声を上げた。

そして反り返って硬直していたが、やがてグッタリと力を抜いて身を投げ出し、失神したように無反応になってしまった。

どうやらオルガスムスに達してしまったようだ。

やはりしばらく男から遠ざかり、教え子に愛撫されたという衝撃と快感が、激しく彼女を高まらせたのだろう。

康一は彼女の股間から這い出し、正体を失くしているさとみの脚を舐め下りた。

スラリとした脚はどこもスベスベで、彼は足首まで行って足裏に顔を押し付け、舌を這わせながら縮こまった指の間に鼻を押しつけた。

やはりそこも奈月と同じように汗と脂にジットリ湿り、生ぬるく蒸れた匂いが濃く沁み付いていた。

康一は美人先生の足の匂いを何度も嗅ぎ、爪先にしゃぶり付いて指の股を舐め、両足とも存分に貪った。

そして再び添い寝し、さとみの顔に迫った。

ぷっくりした唇が開き、白く滑らかな歯並びが覗いている。口からは熱く湿り気ある息が忙《せわ》しげに吐き出され、鼻を押しつけて嗅ぐと、渇いた唾液の匂いに混じり、奈月に似た甘酸っぱい口の匂いが感じられた。

しかし奈月よりも濃く、昼食の名残《なごり》か、うっすらとしたオニオン臭も入り交じって鼻腔を刺激してきた。

康一はさとみの吐息に激しく興奮した。

もちろん刺激が含まれていても嫌ではなく、むしろ濃い方が美しい顔とのギャップに燃え、奈月とは違う生身《なまみ》の人間味が感じられた。

康一は心ゆくまでさとみの息の匂いを嗅いで酔いしれ、唇を重ねていった。

柔らかな弾力が伝わり、舌を挿し入れて滑らかな歯並びを舐め、ピンクの引き締まった歯茎《はぐき》も味わった。

「アア……」

すると、さとみが小さく声を洩らして歯を開き、舌の侵入を許しながら徐々に我に返ってきたようだった。

彼も舌を挿し入れてさとみの口の中を舐め回し、生温かな唾液を味わった。

「ンン……」

彼女も熱く鼻を鳴らし、次第にチロチロと舌を蠢かせてくれた。

康一は、美人先生の唾液と吐息に酔いしれたが、やがてさとみは息苦しくなったように口を離した。

「ああ……、どうしてあんなところ舐めるの……、もう、わけが分からなくなってしまって……」

さとみが息も絶えだえになり、呟くように言った。

「だって、先生の割れ目すごくいい匂いがして、いっぱい濡れて美味しかったから」

「アアッ、言わないで……、そこだけじゃないでしょう……」

「うん、お尻の穴も足の指もしゃぶっちゃった」

康一が囁くと、さとみはまた絶頂を迫らせたようにクネクネと身悶えた。

「ね、今度は先生が僕にして」

「力が抜けて、起きられないわ……」

言うとさとみが答え、彼は身を起こして彼女の胸に跨がった。

そして巨乳の間に勃起したペニスを挟んで、温もりと柔らかな感触に包まれながら、両側から揉んだ。

そのまま前屈みになり、彼は手を突いて先端をさとみの口に押し付けていった。

2

「ク……、ンン……」

さとみが口を開いて受け入れてくれたので、康一が深々と押し込むと、彼女は眉をひそめて小さく呻いた。

口の中は温かく濡れ、さとみが根元近くまで呑み込むと、熱い鼻息に恥毛をくすぐられ、康一は今にも果てそうなほど高まった。

神聖な唇が幹を丸く締め付け、上気した頬をすぼめて吸い、内部ではチロチロと舌が蠢いた。

たちまちペニスは生温かく清らかな唾液にまみれて震え、康一はヌルッと引き抜いた。口にも射精して飲んでもらいたいが、今はとにかくさとみと一つになりたかったのだ。

オルガスムスの余韻に力が抜けて起き上がれないようなので、康一はさとみを大股開きにさせ、正常位で股間を進めていった。

急角度にそそり立ったペニスに指を添えて下向きにさせ、唾液に濡れた先端を、まだ愛液の湧き出している割れ目に押し当てて位置を探った。

そして息を詰め、ゆっくりと割れ目に差し入れていくと、膣口が亀頭をくわえ込みながら受け入れていった。

「ああッ……！」

ヌルヌルッと根元まで押し込むと、さとみが身を弓なりに反らせて喘いだ。

康一も肉襞の摩擦と締め付けを嚙み締めて股間を密着させ、感触と温もりを味わいながら身を重ねていった。

するとさとみも、下から両手を回してシッカリとしがみついてきた。

のしかかって体重を預けると、巨乳が押し潰れて心地よく弾み、汗ばんだ肌の前面が吸い付いてきた。柔らかな恥毛もシャリシャリと擦れ合い、コリコリする恥骨の膨らみも伝わった。

康一は、初めての正常位だが戸惑うことなく、小刻みに腰を突き動かし、摩擦快感を味わいはじめた。

「アア……！」

さとみが顔を仰け反らせて喘ぎ、両手に力を込めた。そして次第にリズミカルに律動すると、溢れる愛液で動きが滑らかになり、いつしかさとみも下からズンズンと合わせて股間を突き上げてきた。

互いの接点から、ピチャクチャと卑猥《ひわい》に湿った摩擦音が聞こえてきて、溢れた愛液が揺れてぶつかる陰嚢まで生温かくぬめらせた。

「ま、またいきそう……」

さとみが熱く喘ぎ、かぐわしい息を弾ませながら口走った。

やはり通常の男と違い、無限の能力を秘めた康一だから、性器に感じる感覚以上のものを受け止めているのだろう。

たちまち彼女がガクガクと絶頂の痙攣《けいれん》を開始し、膣内の収縮を活発にさせた。

「い、いっちゃう……、ああーッ……！」

さとみが声を上ずらせ、彼を乗せたままブリッジするように狂おしくガクガクと腰を跳ね上げて反り返った。

膣内の収縮も最高潮になり、粗相《そそう》したように愛液が噴出してシーツまでビショビショにさせた。

もう我慢できず、続いて康一もオルガスムスに達し、大きな快感とともに勢いよくザーメンを注入した。

「あう……！　熱いわ……」

奥深い部分を直撃され、噴出を感じながらさとみが駄目押しの快感に呻いた。

膣内はキュッキュッと飲み込むような収縮が繰り返され、まるで歯のない口に含まれ舌鼓《したつづみ》でも打たれているようだった。

康一は快感を嚙み締めながら、心置きなく最後の一滴まで出し尽くし、すっかり満足しながら動きを弱めていった。

「アア……」

さとみも力尽きて声を洩らし、また失神したようにグッタリと身を投げ出した。

康一も完全に動きを止め、股間を密着させながらもたれかかった。

膣内の収縮はまだ続き、刺激されるたび射精直後で過敏になったペニスがヒクヒクと震え、そのたびに彼女も感じすぎるように、キュッと締め付けてきた。

康一はさとみの喘ぐ口に鼻を押し込み、熱くかぐわしい息を嗅ぎながら胸を湿らせ、うっとりと快感の余韻を味わったのだった。

ようやく気が済んだ彼は、そろそろと股間を引き離し、処理もせずゴロリと添い寝して、さとみが我に返るのを待った。

彼女は荒い呼吸を繰り返し、思い出したようにビクッと肌を震わせていた。

それでも徐々に息遣いが治まり、さとみはうっすらと目を開いた。

「すごかったわ……、こんなに感じたの初めて……」

彼女が、まだ力の入らない声で小さく言った。

「ええ、僕も良かったです。教えて頂いて有難うございました。最初の女性である先生のこと、一生忘れません」

「駄目よ、忘れて……」

言うと彼女は答え、激情が過ぎると教え子としてしまった衝撃が甦《よみがえ》ってきたようだった。

それでもノロノロと身を起こし、さとみは康一の腕に摑まってきた。

「お願い。立てないわ。バスルームへ連れて行って……」

言われて、康一も身を起こし、さとみを支えながら一緒に立ち上がった。そしてバスルームに行き、彼女を椅子に座らせて点火ボタンを押し、シャワーの湯を出した。

適温になると互いに全身を流し、体液にまみれた股間も洗った。

さとみも汗ばんだ体臭を落とし、ようやくほっとしたようだった。

「ね、先生、こうして」

やがて、そろそろバスルームを出ようという頃、康一は床に座ったまま言い、目の前にさとみを立たせ、片方の足をバスタブのふちに乗せさせた。

「な、何をするの……」

「オシッコしてみて。僕、先生みたいな綺麗な人が出すところを一度見てみたい」

「そ、そんな……」

言うと、さとみは文字通り尻込みしたが、康一は腰を抱えてその体勢を崩させなかった。

湯に濡れた茂みに鼻を埋め込んで嗅いだが、もう濃かった匂いは大部分薄れてしまい残念だったが、それでも舌を這わせると、すぐにも新たな愛液が溢れて淡い酸味のヌメリが満ちてきた。

「ほんの少しでいいから」

クリトリスに吸い付きながら言うと、もう校内にいた頃からだいぶ時間も経っているので、尿意も高まってきたように彼女は下腹をヒクヒクさせた。

「そんなに吸ったら本当に出ちゃうわ……、顔を離して……」

さとみが息を詰めて言い、康一も顔を引き離して割れ目を観察した。

それでも、さすがに目の前で出すことはためらわれ、彼女は何度も息を詰めて下腹に力を入れた。

その間も割れ目からツツーッと愛液が糸を引いて滴《したた》り、また康一は堪らなくなって顔を埋め、舌を這わせて吸った。

すると柔肉が迫り出すように盛り上がり、急に味と温もりが変化してきた。

「あう、駄目、出ちゃう、離れて……」

さとみが言うなりポタポタと雫が滴り、すぐにもチョロチョロとした一条の流れがほとばしってきた。

それを舌に受け、康一は淡く上品な味わいと匂いを堪能しながら喉に流し込んでいった。

「だ、駄目よ、バカね……」

さとみは飲んでいることを知って叱るように言ったが、いったん放たれた流れは止めようもなく勢いを増していった。

口から溢れた分が胸から腹に温かく伝い流れて淡い匂いを立ち昇らせ、すっかりムクムクと回復したペニスが心地よく浸された。しかしピークを越えると、急激に勢いが衰えていった。

「アア……」

さとみは声を洩らし、ピクンと下腹を震わせて放尿を終えた。

ポタポタ滴る雫に愛液が混じり、またツツーッと糸を引いて滴った。

康一は割れ目に口を付け、余りの雫をすすって舌を這わせた。そして残り香を味わい、クリトリスを舐めると、

「も、もう駄目……」

さとみが言うなり片方の足を下ろし、力尽きたようにクタクタと座り込んできてしまった。

それを抱き留め、康一はもう一度互いの身体をシャワーの湯で洗い流した。

彼女はハアハアと息を弾ませ、あまりの行為にすっかりショックを受けているようだった。

彼はフラつくさとみを支えて立たせ、バスルームを出て互いの身体を拭いた。

そして全裸のまま、再びベッドに戻っていったのだった。

また添い寝して肌をくっつけ、康一は激しく勃起したペニスをさとみのムッチリした太腿にこすりつけていった。

3

「ね、またこんなに勃《た》っちゃった」

「もう堪忍《かんにん》して。またしたら、明日も起きられなくなってしまうわ……」

せがむように康一が言うと、さとみは先程の大きな快感を恐れるように、嫌々をして答えた。

「じゃ、指で可愛がって」

「それならいいわ……」

言うと、さとみも答えて、腕枕して彼の顔を胸に抱きながら、もう片方の手でペニスを愛撫してくれた。

「ね、先生。メガネをかけて。いつもの顔が見たい」

するともいったん手を離し、枕元に置いたメガネを手にし、かけてくれた。

そして再び幹を握り、ぎこちないながらもリズミカルに動かしてくれた。

「ねえ、唾《つば》を飲みたい。いっぱい垂らして」

「駄目よ、汚いわ……」

「お願い。飲んだらすぐいってしまうから」

康一が言うと、さとみも早く済ませて欲しいと思ったか、上から口を寄せてきてくれた。

ぷっくりした唇をすぼめ、白っぽく小泡の多い唾液を懸命に分泌させてトロトロと吐き出してきた。それを舌に受け、彼は適度な粘り気を持つ温かい唾液を味わい、うっとりと飲み込んだ。

「美味しい」

「嘘、味なんかないはずよ……」

「もっと、顔中に勢いよくペッて吐きかけて」

「そ、そんなこと出来るわけないでしょう……」

言われて、さとみは驚いて息を弾ませた。体臭は洗って消えたが、息はまださっきと同じ、果実臭とオニオン臭のミックス刺激が含まれていた。

「お願い、綺麗で上品な先生が、そんなはしたないことをするところが見たい」

「だって……、生徒の顔にそんな……」

「さっきはオシッコも飲ませてくれたじゃない」

「の、飲ませたんじゃなく、勝手に飲んだのでしょう……」

さとみは、激しい羞恥と衝撃を甦らせて柔肌を震わせた。

「お願い、どうか強く……」

再三せがむと、さとみもしなければ終わらないと思ったか、ペニスをニギニギしながら顔を寄せて唇をすぼめ、大きく息を吸い込んでペッと控えめに唾液を吐きかけてくれた。

「ああ、もっと強く……」

言うと、さとみはさらに強く吐きかけてくれ、生温かな唾液の固まりが鼻筋を濡らし、頬の丸みをトロリと伝い流れた。

「アア、嬉しい。でも信じられない。さとみ先生がこんなことするなんて」

「い、いやッ……、しろと言ったくせに……」

さとみは彼の言葉に翻弄《ほんろう》されて声を震わせ、思わずキュッときつくペニスを握りしめてきた。

「い、いたたた……、ね、顔中舐めて……」

康一が身悶えて言うと、さとみもハッと指の力を緩め、次第に朦朧となりながら舌を伸ばし、彼の鼻筋を濡らした唾液を拭《ぬぐ》うようにヌラヌラと舐め回してくれた。

しかし舐めるというより、滴る唾液を顔中に塗り付ける感じで、康一は生温かな唾液にまみれ、甘酸っぱい匂いにうっとりとなった。

「ああ、気持ちいい。さとみ先生のお口いい匂い」

「あッ……、昼食後に歯磨きもしていないのに……」

言われて、さとみは思い当たったように顔を引き離そうとしたが、彼は顔を引き寄せ、そのぷっくりした唇の間に鼻を押しつけた。

「だから、刺激がちょうどいいの。綺麗なさとみ先生でも、こういう匂いをさせるんだなって」

「く……」

言葉の羞恥責めに、さとみはさらに呻いたが、康一は遠慮なくかぐわしい口の匂いで鼻腔を満たした。そして手が休んでいるので、幹をヒクヒクさせると、またさとみがニギニギと愛撫してくれた。

「い、いきそう……、先生、お口でして……」

言うと、彼女もその方が羞恥が和《やわ》らぐと思ってか、すぐに顔を移動させてくれた。

大股開きになって真ん中に腹這わせると、康一は両脚を浮かせて抱え、尻を突き出した。

「先に肛門を舐めて。僕は洗ったから綺麗なので」

「わ、私のは、さっき汚れていた……？」

また言葉責めに、さとみが股間で硬直して言った。

「うん、でも好きな先生の匂いだから我慢して舐めたの」

「アアッ……、い、意地悪ね……」

さとみは、言葉だけで絶頂に達しそうなほど身悶え、息を震わせた。

そして羞恥を紛らすように顔を埋め込み、彼の肛門をヌラヌラと舐め回し、自分がされたようにヌルッと舌を潜り込ませてきた。

「あう……」

康一は妖しい快感に呻き、憧れの美人先生の神聖な舌先を、肛門で味わうようにモグモグと締め付けた。

熱い鼻息が陰嚢をくすぐり、内部で舌が蠢くと、屹立《きつりつ》したペニスが内側から刺激されるようにヒクヒクと上下した。

やがて脚を下ろすと、さとみも自然に舌を引き抜き、そのまま目の前にある陰嚢を舐め回してくれた。

「ああ、いい気持ち……」

ここもゾクゾクするような快感で、康一は喘いだ。

さとみも満遍《まんべん》なく袋を舐めて二つの睾丸を転がしてから、やがて肉棒の裏側をゆっくり舐め上げてきた。

先端に達すると指で幹を支え、尿道口から滲む粘液をチロチロと舐め取ってくれ、そのまま張りつめた亀頭にしゃぶり付いてくれた。

「アア……」

康一も、いよいよ絶頂を迫らせて喘ぎながら、さとみの下半身を引き寄せた。

すると彼女も、スッポリと深く呑み込んだまま身を反転させ、恐る恐る康一の顔に跨がり、女上位のシックスナインの体勢を取ってくれた。

彼も下から腰を抱き寄せてクリトリスを舐めたが、さとみがフェラに集中出来ないと思い、やがて艶めかしい割れ目と肛門を見上げるだけにした。

さとみも夢中でしゃぶり、吸い付きながら舌をからめ、ペニス全体を生温かな唾液に浸した。

康一がズンズンと股間を突き上げると、

「ンン……」

喉の奥を突かれるたびに、さとみが呻いて口腔を引き締め、同時に割れ目と肛門も収縮させた。しかし、嫌々しゃぶっているわけではない証拠に、彼の顔に割れ目から愛液が滴ってきた。

それを舌に受けながら突き上げると、さとみも顔を上下させ、濡れた口でスポスポと強烈な摩擦を開始してくれた。

彼は、まるで全身がさとみのかぐわしい口に含まれ、舌で翻弄されているような快感に包まれて、そのまま昇り詰めてしまった。

「い、いく……、先生、飲んで……！」

大きな快感に貫かれながら口走り、ありったけのザーメンをドクンドクンと勢いよく美人教師の口にほとばしらせ、喉の奥を熱い噴出で直撃した。

「ク……！」

受け止めながらさとみが呻き、康一は、そのときばかりは割れ目に口を付けて愛液をすすりながら、最後の一滴まで心地よく絞り尽くした。

出し切ると、すっかり満足して彼は突き上げを止め、グッタリと身を投げ出した。

さとみも吸引と舌の蠢きを止め、ペニスを含んだまま口に溜まったザーメンをコクンと飲み込んでくれた。

「あう……」

口腔が締まり、康一は駄目押しの快感に呻いて幹を震わせた。

さとみも口を引き離し、なおも尿道口から滲む白濁の雫まで丁寧に舐めて清めてくれた。

その刺激に幹がヒクヒク震え、ようやく彼女も舌を引っ込めた。

「ああ、気持ち良かった……、どうも有難う、先生……」

息を弾ませて言うと、さとみも太い息を吐いて顔を上げ、再び添い寝してきた。

康一は甘えるように腕枕してもらい、さとみの匂いに包まれながらうっとりと余韻を噛み締めた。

さとみの吐息にザーメンの生臭い匂いは残らず、さっきと同じ刺激的な果実臭がしていた。

「ね、また来てもいい？」

「駄目よ、忘れる約束でしょう……」

囁くと、さとみが彼を抱いてくれながら答えた。

「でも、こんなに濡れているし、先生も気持ち良かったでしょう」

「私は来週の終業式の日、すぐ実家へ帰るのよ」

さとみが言った。彼女の実家は横浜だと聞いている。

では、新学期が始まれば良いということだろう。それに期待して、康一はさとみの胸で呼吸を整えたのだった。

4

「おうアンコウ、てめえさっきのイカサマはどうやったんだ」

さとみのハイツを出て、康一が帰宅しようとコンビニの前を通り過ぎると、いきなり駐車場から声をかけられた。

見ると、東田と一緒に麻雀をやった二人だ。これも康一と同じ三年生で、東田の率いる不良グループの連中である。東田はおらず、二人は駐車場でタバコを吸っていたところだ。

「ああ、あれは高度な技術だからな、お前らのようなバカには無理だ」

康一は笑みを浮かべ、小馬鹿にして答えた。

この二人は何の格闘技の覚えもなく、勉強も出来ず、単に親や教師に反抗して突っ張っているだけで、康一から見れば幼稚園児に等しい。

幸いここは道路からも死角で、周囲には通行人もいない。

「何だと、この野郎！」

二人はタバコを捨てて怒鳴るなり、いきなり左右から挟み撃ちにして康一に飛びかかってきた。

康一は軽く身を躱《かわ》し、二人の髪を摑むと、男同士で激しくキスさせてやった。

ガシッ！　と激しい音がして、二人の前歯が全て折れて相手の唇に突き刺さり、鼻骨が砕けて血が噴き出した。

二人は声もなく、白目を剝《む》いて脳震盪《のうしんとう》で崩れ落ちた。

するとそこへ、どこからともなく巫女姿の奈月が姿を現したのだ。

「始末は任せて」

言うなり、二人の襟首を摑んでズルズルと奥へ引きずっていった。

「つ、月見神社の前でなくても運べるの？」

「ええ、大丈夫」

訊くと、奈月は可憐な笑みを浮かべて答え、そのまま不良たちを引きずって暗がりに消えていった。

恐る恐る奥を見てみると、すでに連中と奈月は姿を消していた。

どうやら人目につかない場所から、神社にある宇宙船内へテレポーテーションできるようだ。

これなら、いちいち辰也のように神社前の原っぱで戦わなくても便利だと思い、そのまま康一は帰宅したのだった……。


——数日が経ち、今日は二学期の終業式だ。

明日は祭日で、明後日はクリスマス・イヴである。もうセンター試験の受験票も届き、康一は年明けの予定を立て、受験に備えて最終的な確認だけして、校内でも大人しくしていたのだった。

東田治夫も、辰也や仲間二人の失踪を気にしているのか、最近は表立って康一にからんでくることもなかった。

しかし、それでも治夫は康一の態度の変化は気にしているようで、近々何か仕掛けてくるだろうと彼は思った。

とにかく終業式だ。成績表を渡すさとみの態度も、特に変わらないが、一度だけチラと康一の顔を見た。今日はこのまま、すぐ横浜へ帰ってしまうだろう。

康一は解散のあとすぐ帰宅せず、保健室に向かった。

男子校であるこの高校に、女性が二人だけいる。

さとみと、あとは養護教諭で人妻の加藤亜矢子だ。彼女は三十歳の子持ち。市内に実家があり、赤ん坊は親に預けて毎日保健室に出勤している。白衣の似合う、さとみ以上に巨乳の豊満美女だ。

康一にとって白衣の亜矢子は、さとみの次にオナニー妄想でお世話になっている女性だった。

まあ他に女性がいないのも確かだが、それでもさとみはモデルでも務まりそうなメガネ美女だし、亜矢子も縋り付きたくなるような熟れ肌美女であった。

だからさとみの代わりに、今日は冬休み前に亜矢子にも手ほどきを受けようと思ったのである。

しかし保健室前に来ると、中から切迫した声が聞こえた。

「やめて、何するの……、人を呼ぶわよ！」

亜矢子の声である。

康一は急いで戸を開けて中に入った。すると、奥のベッドルームで亜矢子が押し倒され、二年生の北見良明《きたみよしあき》がのしかかっていた。

良明は、ボクシングジムに通っている、スキンヘッドで痩せ型、凄味《すごみ》のある不良だった。

いちおう治夫のグループには入っているが、本来は一匹狼的なタイプである。だから今も、単独で亜矢子を犯す行動に出たのだろう。

「よせ！」

康一は駆け寄り、上になっている良明を引き離し、部屋の隅に投げつけた。

亜矢子もこの学校に勤務している以上、こうした事態のため防犯ブザーは持っているだろうが、恐らく不意を突かれて取り出す余裕もなかったらしい。

「てめえ……、やってくれるじゃねえか」

起き上がった良明が口を歪めて笑い、ファイティングポーズを取った。

「やめなさい。ブザーを鳴らすわよ」

すると亜矢子が、ようやくポケットからブザーを出して言った。

「分かったよ。今日はやめておく。だが、おう安堂。明日の午後三時、裏山の神社前で待ってるぜ。そこで決着を付けようじゃねえか」

良明が拳《こぶし》を下ろして言う。

「ああ、分かったよ」

「逃げるな。必ず来いよ」

康一が答えると、良明は彼を睨《にら》み付けて出ていった。

彼は開け放たれたままのドアを閉めに行き、すぐ亜矢子のところへ戻ってきた。

「大丈夫ですか。声がしたものだから」

「ええ、有難う。助かったわ……」

亜矢子が言い、ベッドに腰を下ろしたまま、息を弾ませて防犯ブザーを白衣のポケットにしまった。

「若い子に襲われるなんて思いもしてなかったの。私にそんな魅力はないと思うけれど……」

「いえ、そんなことないです。亜矢子先生は綺麗な白衣の天使ですから」

康一は言い、乱れた白衣を直してやった。引きちぎられそうになったか、ボタンが一つ取れかかっていた。

「安堂君、明日まさか決闘に行くんじゃないでしょうね」

「行くわけないでしょう。僕は受験で忙しいんですから」

亜矢子が心配そうに言うので、康一は笑って答えた。しかしまだ亜矢子は息を弾ませ、ミルクのように甘ったるい匂いを揺らめかせていた。

「そう、それなら安心だけど、あとで仕返しされないかしら……」

「大丈夫。逃げるのは慣れてますし、もうすぐ卒業ですから」

「そうね。私も子育てに専念するため、三月いっぱいで退職が決まったの」

「そうなんですか」

言われて康一は残念に思ったが、その頃には自分も卒業して東京だ。

「でも驚いたわ。まさか安堂君が助けに来てくれて、あんなに強いなんて」

「夢中でしたから」

康一は、激しく勃起しながら亜矢子に迫った。

「ね、お願いがあります。僕、年内にファーストキスを体験したいのだけれど、亜矢子先生にしてもいいですか」

「え……」

亜矢子は驚いて聞き返したが、やはり康一の謎の魅力に惹《ひ》かれはじめているのか、拒む気配は見せなかった。

そのまま彼は顔を寄せ、ピッタリと唇を重ねていった。

「ウ……」

亜矢子は小さく呻いたが、すぐに目を閉じてくれた。

康一は柔らかな感触を味わい、舌を挿し入れていった。

歯並びを舐めると、亜矢子も歯を開いて受け入れてくれ、熱く湿り気ある息を弾ませた。

彼女の吐息は花粉のように甘い刺激を含み、舌をからめるとチロチロと滑らかに蠢かせてくれた。康一は白衣美女の唾液と吐息に酔いしれ、生温かな唾液を味わいながら執拗に舐め回した。

「も、もう駄目……」

亜矢子は顔を引き離し、小さく言った。駄目というのは拒否ではなく、校内でこのまま感じてしまう自分にブレーキをかけたのだろう。

「ね、キスだけじゃなく、セックスも教えて下さい」

康一は、無垢《むく》を装《よそお》って言った。

「駄目よ、こんなところでは……」

「じゃ明日、もう冬休みだから外で会って下さい」

言うと亜矢子も少し考え、やがて答えた。

「いいわ。明日の三時なら、駅前で待っているから……」

彼女は、あえて良明が指定した決闘の時間を言った。それなら、決闘に行くこともないと思ったのだろう。

「分かりました。じゃ明日三時に駅に行きますね」

彼は勃起を押さえて言い、亜矢子の手を取り指切りをした。

「今日は帰ります。では明日」

康一は一礼し、生徒とのキスに息を弾ませ、まだ動悸《どうき》が治まりそうにない亜矢子をあとにして保健室を出たのだった。

5

（さあ、北見を探さないと……）

校舎を出た康一は思い、校庭の隅の木陰にたむろしている二人の不良を見つけて近づいていった。

「おい、北見の携帯番号知ってるだろう。電話してくれ」

「なにい、アンコウじゃねえか。やけに態度がでけえぞ」

大柄な同級生の方が、凄んで康一に顔を迫らせてきた。

「近寄るな。臭え」

なぜ不良は顔を近づけたがるのかと思って康一は言い、いきなり股間を蹴り上げた。

「むぐ……！」

相手は呻き、そのまま膝を突いて崩れていき、もう一人の二年生のほうがドクリと立ちすくんだ。

するとまた、校庭の隅の木陰から巫女姿の奈月が姿を現し、倒れた男をズルズルと引きずって再び木陰に消えていった。

「な、何だあ、今のは……！」

「学校に棲《す》みついている幽霊の花子さんじゃないのか。それより早く北見に電話しろ」

「は、はい……」

相手は目を丸くして震え上がり、康一の発する強いオーラと超常現象を見たことで動転しながらも、急いで携帯を出し電話をかけた。

「あ、北見さんすか……、いま……」

良明が出たようなので、康一は取り上げた。

「ああ、安堂だ。済まないが、今日にしてくれないか。これから約束の場所に行く」

「いいだろう」

言うと向こうも答え、康一はすぐ電話を切って返した。

そして呆然《ぼうぜん》としている下級生をそのままに、康一は校門を出た。

真っ直ぐ裏山に行って迂回し、月見神社に向かうと、良明も、それほど学校から離れていなかったのか、いくらも待たないうちにやって来た。

「来たか。済まない。明日はデートが入っちゃったんだ。亜矢子先生と」

「なにい」

言うと、良明は顔を歪めて言い、それでも気を取り直してバッグを置き、学生服を脱いだ。

「度胸だけは認めてやるよ。今日はこれからジムへ行く日だから明日にしたんだが、まあ何秒もかからないだろう。これを着けろ」

良明は言い、バッグからヘッドギアを出した。

「いや、要らない」

「殺す気まではねえからな、ボクシングのコーチという形を取りてえんだ」

「案外フェアなんだな。ならば弱い者を使い走りにさせたり、苛めたりするのは良くないだろうに」

康一は笑みを洩らして言った。バカなりに理屈を持っているのだろう。

「弱い奴は、強い奴に尽くすべきだ。違うか」

「亜矢子先生を犯そうとしたのも、自分勝手な理屈だろう」

「若い男に飢《う》えているだろうからな、抱いてやろうと思っただけだ」

良明は言いながら、自分はグローブを着けた。

「ヘッドギアをしねえなら、俺はグローブを着ける。指も痛めたくねえしな」

「ああ、好きにしていい。どっちにしろお前のパンチは僕に当たらないよ」

康一は言い、腕まくりもせず学生服のまま対峙《たいじ》した。

良明も、グローブを着けて身構えた。

「お前、東田さんより迫力があるぞ」

康一のオーラを感じ取った良明がそう言い、さすがに勝負師の勘か、無闇《むやみ》に飛び込んでこなかった。

しかし康一は両手を下げた自然体のまま、スタスタと進んで間合いを詰めた。

「く……」

豪快な接近に小さく呻き、それでも良明は下がらず左ジャブでフェイントをかけてきた。それを巧みにかわしながら懐《ふところ》へ飛び込み、康一は左フックを奴のレバーに叩き込んだ。

「うぐ……！」

信じられないという形相で呻き、前屈みになったところへ康一が右ストレートを繰り出した。それが見事に良明の左頰に炸裂し、ひとたまりもなく棒のように倒れていった。

すると、カウントを取るまでもなく、すぐにも奈月が姿を現した。

「まだまだ足りないわ。どんどんやっつけて送り込んで」

奈月が言い、良明の足首を摑んでズルズルと神社へ引きずっていった。

康一は周囲を見回し、誰にも見られていないことを確認し、一緒について行くことにした。

「校庭の隅で、一人に見られているけど大丈夫かな」

「構わないわ。誰も信じないだろうし」

「それもそうだ」

彼は答え、奈月と一緒に洞窟を通り抜け、前と同じ小部屋に入った。

「待ってて」

奈月は言って、さらに奥のドアを開けて良明を引きずっていくと、すぐに戻ってきてドアを閉めた。

「僕も奥を見てみたい」

「まだ駄目よ。獲物が十人を超えたら見せてあげる」

「じゃ、せめて奈月を抱きたい」

「いいわ」

彼女が答えると、またベッドが出現した。

康一は激しく欲情し、手早く服を脱いで全裸になっていった。奈月も巫女の衣装を脱ぎ去り、たちまち一糸まとわぬ姿になってくれた。

ベッドに横たわると、やはり成熟したさとみとは違う美少女の可憐な魅力が感じられた。

「どうだった？　本当の人間の女は」

彼の顔を胸に抱きながら、奈月が訊いてきた。

「うん、やっぱり奈月とは違ういろんな生身の匂いがした。明日は亜矢子先生と体験するし」

「多くの女を知って、いっぱい覚えて」

奈月は彼の髪を撫でながら、乳首を口に押し付けてきた。

康一も吸い付き、甘ったるい体臭に包まれながら舌で転がした。

「ああ、いい気持ち……」

奈月がうっとりと喘ぎ、のしかかってもう片方の乳首も含ませてきた。

康一は左右とも存分に味わい、腋の下にも鼻を埋め、甘く濃厚な汗の匂いで胸を満たした。

すると奈月が身を起こし、自分から仰向けの彼の顔に跨がり、割れ目を押し付けてきたのだ。

康一は柔らかな恥毛に鼻を擦りつけ、隅々に籠もった汗とオシッコの匂いに噎《む》せ返りながら舌を這わせると、すでに割れ目はヌラヌラと熱い蜜に潤っていた。

膣口の襞を掻き回し、ツンと突き立ったオサネまで舐め上げると、

「あん……、いいわ、もっと……」

彼女がヒクヒクと悶えながら、さらに強く押し付けてきた。

さらに尻の真下に潜り込み、微香の籠もる蕾に鼻を埋めて嗅ぎ、舌を這わせると、
奈月も身を反転させて屈み込み、ペニスにしゃぶり付いてくれた。

「ク……」

康一は快感に呻き、再び割れ目に舌を這わせて美少女の味と匂いを堪能した。

奈月も喉の奥まで呑み込んで吸い付き、執拗に舌を這わせながら股間に熱い息を籠もらせ、やがてチュパッと引き抜いた。

頃合いと見て身を起こして向き直り、女上位で跨がると、濡れた膣口に先端を受け入れながら腰を沈み込ませてきた。

「アア……、いい気持ち、奥まで届くわ……」

奈月が、ヌルヌルッと根元まで受け入れてぺたりと座り込み、顔を仰け反らせて喘いだ。

康一も、肉襞の摩擦と締め付け、熱いほどの温もりに包まれ、急激に高まりながら内部で幹を震わせた。そして両手を伸ばして抱き寄せると、奈月もゆっくりと身を重ねてきた。

すぐにもズンズンと股間を突き上げると、彼女も合わせて腰を遣いながら、上からピッタリと唇を重ねてきた。

舌をからめると、甘酸っぱく可愛らしい息の匂いが鼻腔を刺激し、生温かく滑らかな唾液がトロトロと注がれてきた。

彼は美少女の唾液と吐息に酔いしれながらしがみつき、突き上げを強めていった。

「ああッ……、いっちゃう……！」

たちまち奈月が口を離して喘ぎ、ガクンガクンと狂おしい痙攣を開始した。

続いて康一も、膣内の収縮に巻き込まれてオルガスムスに達してしまった。

「く……！」

突き上がる大きな快感に呻き、熱い大量のザーメンをドクドクとほとばしらせ、心置きなく最後の一滴まで出し尽くしていった。

「ああ、良かった……」

奈月も満足げに声を洩らし、肌の硬直を解きながらグッタリと体重を預けてもたれかかってきた。まだ膣内の収縮は忙しげに続き、彼は過敏に反応してヒクヒクと幹を震わせた。

そして美少女の口から洩れる果実臭の息を胸いっぱいに嗅ぎながら、うっとりと快感の余韻を嚙み締めたのだった。

# 第三章　憧れ女子大生の甘い蜜

## 1

「来てくれて嬉しいです」

翌日の午後三時、康一は月見が丘駅前で亜矢子に会って言った。

清楚な服装で、白衣でないから印象が違う。しかも亜矢子は生徒に会うのを恐れてサングラスをかけていた。

「早くどこかへ入りましょう」

「ええ、じゃこっちへ」

彼女が小さく早口に言うので、康一もあらかじめ予定を立てていた通り、駅裏の方へと促した。

そこはラブホテルが何軒か建ち並んでいる一画で、昼間は人通りも少ない静かな場所だ。

手近な一軒に入ると、亜矢子も誰かに見られないうちにと足早に入ってきた。どうやら一晩経っても、亜矢子の淫気は消え去らなかったようだ。

康一はラブホテルなど初めてだが、もちろん別の人生で熟練の自分もいるから、迷わずパネルの空室ボタンを押し、フロントでキイをもらった。

エレベーターで三階まで上がり、点滅している番号のドアから一緒に中に入った。内側からロックして密室となり、二人は靴を脱いで上がり込んだ。

「すごい、こうなっているんだ……」

初めての康一は、室内を見回して言った。

ダブルベッドが据えられ、それに小さなソファとテーブル、液晶テレビに小さな冷蔵庫がある。

ドアを開けて脱衣所に行くと、トイレとバスルームのドアがあった。バスルームに入ってバスタブに適温の湯を張り、部屋に戻った。

もちろん康一は出がけに念入りに歯を磨き、シャワーを浴びて全身綺麗にしていたから、準備は万端である。

「先生、脱いで」

「ええ、でも子供の買い物なんかして動き回っていたから、先にシャワーを」

促すと、亜矢子が答えた。

「どうか、今のままでお願いします。初めてなので僕、女性のナマの匂いも知りたいので」

「そ、そんな……」

彼が先に脱ぎながら言うと、亜矢子は尻込みした。

「汗臭いだけよ。ちゃんと洗ってからなら何をしても……」

「ううん、もう待てないんです。ほら」

手早く全裸になった康一は、ピンピンに勃起したペニスを指して言い、彼女の手を引いて強引にベッドに誘ってしまった。

布団をめくって彼女を横たえ、康一は添い寝しながらブラウスのボタンを外していった。

「アア……、困った子ね。いいわ、自分で脱ぐから……」

とうとう亜矢子もシャワーを諦めてくれ、自分からボタンを外し、半身を起こしてブラウスを脱ぎ去ってくれた。

すると今まで服の内に籠《こ》もっていた熱気が解放され、生ぬるく甘ったるい匂いが濃厚に揺らめいた。

いつもの白衣でないのが残念だったが、どちらにしろ全て脱いでもらうのである。

亜矢子は腰を浮かせてスカートも脱ぎ、さらに下着ごとパンストも脱ぎ去ってくれた。白く豊かな尻が見え、康一は思わずゴクリと生唾を飲みながら、期待に胸を高鳴らせた。

彼女はブラも外し、一糸まとわぬ姿になって再び横たわった。

「わあ、嬉しい……」

康一も添い寝して言い、亜矢子の右腕をくぐって腕枕してもらい、甘ったるく濃い体臭に包まれながら目の前の巨乳を見た。

それはさとみよりも豊かに息づき、うっすらと膨らみに透ける静脈も艶めかしかった。乳首と乳輪は濃く色づき、しかも乳首にはポツンとした乳白色の雫も滲んでいるではないか。

(ぼ、母乳……)

康一は歓喜にペニスを震わせた。常に彼女から感じている甘ったるい匂いは、母乳の成分だったのだ。

彼は夢中になって乳首に吸い付き、生ぬるい雫を舐めた。

「アア……」

亜矢子もビクリと熟れ肌を震わせて喘ぎ、彼の顔を巨乳に抱きすくめてくれた。

しかし吸っただけでは母乳は分泌されず、彼は豊かな膨らみに顔中を押し付けながら、乳首の芯を唇で強く挟み付けた。

するとようやく母乳が出て舌を濡らしてきた。

「出た……」

「ああ、飲んでいるの？」

康一が嬉々として吸いはじめると、亜矢子も喘ぎながら言い、分泌を促すように自ら膨らみを揉みしだいてくれた。

吸う要領が分かるとどんどん出はじめ、康一は生ぬるく薄甘い母乳でうっとりと喉を潤した。そしてもう片方も含んで吸い出し、たちまち口の中は甘ったるい匂いに満ちた。

「アア……、いい気持ち、もっと飲んで……」

亜矢子も仰向けになって熱く喘ぎ、うねうねと艶めかしく悶えた。もともと母乳が多いたちらしく、少々飲んでも赤ん坊の分はなくならないだろう。

やがて左右とも充分に飲んでから、ようやく康一は腋の下に移動して顔を埋め込んでいった。

すると、そこには色っぽい腋毛が煙っていたのだ。子育てに専念し、夫との性交渉も間遠くなり、他に男もいない証《あか》しだろう。

彼は腋毛に鼻を擦りつけ、母乳とはまた微妙に違う甘ったるい汗の匂いを嗅いでから、滑らかな熟れ肌を舐め下りていった。

色づいた臍を舐め、豊満な腰からムッチリと量感ある太腿をたどり、脚を舐め下りていった。

すると脛《すね》にも体毛があり、野趣溢れる魅力に康一は念入りに舌を這わせた。

足首まで行って足裏に回り、舌を這わせて指に鼻を割り込ませて嗅ぐと、そこは汗と脂に湿って生ぬるく蒸れた匂いが濃く籠もっていた。

「ああ、亜矢子先生の足の匂い……」

康一はうっとりと言い、三十路《みそじ》の美熟女の匂いを貪り、爪先にしゃぶり付いた。

「あう……、駄目よ、汚いから……」

亜矢子がビクッと足を震わせて呻き、さらに彼が舌を割り込ませると、キュッと指で挟み付けてきた。

やがて彼は両足とも味と匂いを堪能しつくし、脚の内側に顔を割り込ませて股間を目指していった。

両膝の間に潜り込み、白く滑らかな内腿を舐め、大股開きにさせて性器に迫った。

ふっくらした丘には程よい範囲で艶のある恥毛が茂り、はみ出した陰唇は興奮に色づいてヌメヌメと潤っていた。

恐らく昨日キスした段階から、ずっと康一のことを思っていたのだろう。

指で陰唇を広げると、膣口の襞には母乳に似た白っぽい粘液がネットリとまつわりついていた。

亀頭の形をしたクリトリスも大きく突き出し、真珠色の光沢を放っている。

康一は吸い寄せられるように顔を埋め込み、柔らかな茂みの隅々に籠もる熱気と湿り気を嗅いだ。

やはり甘ったるい汗の匂いが濃厚に沁み付き、それに残尿臭の刺激も入り交じって鼻腔を掻き回してきた。

「ここもいい匂い」

「ああっ……、駄目よ、言わないで……」

股間から言うと、亜矢子が羞恥に嫌々をして内腿に力を入れてきた。

康一は顔を挟み付けられながら美女の体臭に噎せ返り、舌を這わせていった。

柔肉は大量の愛液にヌメヌメと濡れ、淡い酸味で舌の動きを滑らかにさせた。

舌先で膣口の襞を掻き回し、滑らかな柔肉をたどってクリトリスまで舐め上げていくと、

「アアッ……！」

亜矢子が身を弓なりに反らせて喘ぎ、ヒクヒクと下腹を波打たせた。

康一は執拗に舌を這わせてはトロトロと湧き出す愛液をすすり、乳首のようにクリトリスに吸い付いた。

さらにオシメを当てるように両足を持ち上げ、何とも豊満で白い尻の谷間に迫っていった。

指で広げると、ピンクの肛門は出産で息んだ名残か、レモンの先のように僅かに盛り上がり、実に艶めかしい形状をしていた。

鼻を埋め込んで嗅ぐと、やはり秘めやかな匂いが悩ましく鼻腔を刺激し、康一は夢中になって貪り、舌を這い回らせた。

充分に濡らしてヌルッと潜り込ませ、滑らかな襞を味わうと、

「く……、やめて、汚いわ……」

亜矢子が呻き、キュッと肛門できつく彼の舌先を締め付けてきた。

康一は充分に味わってから舌を引き抜き、唾液に濡れた肛門に左手の人差し指を浅く押し込み、小刻みに内壁を擦りながら、膣口には右手の二本の指をヌルリと潜り込ませた。

そして、それぞれの穴の中で指を蠢かせ、さらにクリトリスに吸い付き、最も感じる三カ所を同時に責め立てたのだった。

2

「あうう……、駄目、変になりそう……、ああーッ……!」

亜矢子が前後の穴をキュッキュッと締め付け、腰をよじって喘いだ。

康一は、肛門に入った指を出し入れさせるように動かし、膣内の二本の指の腹で内壁や天井を小刻みに擦りながら、執拗にクリトリスを舐め回し、チュッと強く吸い付いた。

「駄目、いっちゃう……、アアッ……!」

たちまち亜矢子が声を上ずらせ、ガクガクと狂おしい痙攣を開始した。

同時に、射精するようにピュッと大量の愛液を噴出させ、前後の穴を忙しげに収縮させた。

どうやらオルガスムスに達したようで、やがて彼女がグッタリと力を抜くと、康一も舌を引っ込め、それぞれの指をヌルッと引き抜いた。

肛門に入っていた指に汚れはないが微香が付着し、膣内の二本の指の間は膜が張るように大量の愛液にまみれ、指の腹は湯上がりのようにふやけ、シワになって微かな湯気さえ立てていた。

やはり人妻は、さとみよりも激しい絶頂を得たようだった。

康一は添い寝し、また滲んでいる母乳を舐めながら乳首を吸い、亜矢子が平静に戻るのを待った。

「ああ……、雲の上にいるようだわ……」

ようやく亜矢子が徐々に我に返りながら言ったが、声はかすれて力が入らないようだった。

「ね、今度は僕にして……」

康一は甘えるように言って仰向けの受け身体勢になり、亜矢子の顔を抱き寄せた。

すると彼女は、まだ起き上がることも出来ず、彼の乳首に舌を這わせてきた。

「ああ、気持ちいい……」

康一は熱い息に肌をくすぐられ、滑らかな舌で乳首を愛撫されながら、うっとりと喘いで勃起した幹をヒクヒクと震わせた。

亜矢子も次第に積極的に動けるようになり、のしかかりながら左右の乳首を舐めてくれた。

「嚙んで……」

言うと、彼女も綺麗な歯でキュッと乳首を嚙んでくれた。

「アア、もっと強く……」

甘美な刺激に喘ぎながらせがむと、亜矢子は左右の乳首を交互に嚙み、さらに肌を舐め下りていった。

臍から下腹、そして彼が大股開きになると亜矢子は真ん中に腹這い、股間に熱い息を籠もらせながら、まず陰嚢をチロチロと舐めてくれた。

そして睾丸を転がし、袋を生温かな唾液にまみれさせると、いよいよペニスの裏側をゆっくり舐め上げ、尿道口から滲む粘液を拭い取った。

さらに丸く開いた口で亀頭を含み、そのままスッポリと根元まで呑み込んで頰をすぼめ、チュッと吸い付いてきた。

「ああ……、亜矢子先生……」

康一は、温かく濡れた口の中でヒクヒクと幹を震わせて喘いだ。

亜矢子も深々と頬張りながら熱い鼻息で恥毛をくすぐり、内部でクチュクチュと舌をからめた。

「いっちゃいそう……、入れたい……」

彼は充分に高まってせがみ、亜矢子の手を引っ張った。

「私が上……？」

「うん」

答えると、亜矢子は羞《は》じらいながらも身を起こして彼の股間に跨がってきた。

幹に指を添え、先端を濡れた割れ目に押し付け、ゆっくりと膣口に呑み込みながら腰を沈めていった。

ペニスはヌルヌルッと心地よい肉襞の摩擦を受けながら根元まで没し、彼女は完全に座り込んで股間を密着させてきた。

「アアッ……！」

亜矢子が熱く喘ぎ、若いペニスを味わうようにキュッと締め付けた。

康一も感触と温もりを味わい、両手を伸ばして抱き寄せていった。

亜矢子が身を重ねてくると、柔らかな感触と重みが心地よく伝わってきた。

下から唇を求めると、彼女も上からキスしてくれ、すぐにも互いにネットリと舌をからみつかせた。

湿り気ある甘い花粉臭の息で鼻腔を刺激され、生温かな唾液をすすりながら彼はズンズンと股間を突き上げはじめた。

「ああ……、すごく響くわ……」

亜矢子が唾液の糸を引いて口を離し、熱く喘ぎながら言った。

「ね、顔中にミルクかけて……」

動きながら言うと、亜矢子も胸を突き出すようにして、自ら色づいた両の乳首をつまんで絞り出してくれた。ポタポタと乳白色の雫が滴り、さらに無数の乳腺から霧状になった母乳が彼の顔中に降りかかった。

「ああ、嬉しい……」

康一は甘ったるい匂いに酔いしれて喘ぎ、滴る雫を舌に受けた。

「舐めて……」

高まりながら言うと、亜矢子も乳首から手を離して顔を寄せ、康一の顔中を濡らした母乳を舐め回してくれた。

康一は、母乳と唾液の香り、亜矢子の口の匂いに包まれて股間の突き上げを速めていった。

「唾も垂らして……」

せがむと亜矢子も興奮を高めながら懸命に分泌させ、トロトロと彼の口に唾液を吐き出してくれた。

康一は小泡の多い生温かな粘液を味わい、うっとりと酔いしれながら、そのまま昇り詰めてしまった。

「い、いく……！」

突き上がる絶頂の快感に口走ると同時に、ありったけの熱いザーメンがドクンドクンと勢いよく内部にほとばしり、奥深い部分を直撃した。

「き、気持ちいい……、アアーッ……！」

噴出を受け止めた途端、亜矢子もオルガスムスのスイッチが入ったように声を上ずらせ、そのままガクガクと狂おしい痙攣を開始した。

膣内の収縮も最高潮になり、康一は心地よい摩擦の中で心置きなく最後の一滴まで出し尽くしていった。やがて動きを弱めてゆき、彼は亜矢子の熟れ肌を受け止めながら荒い呼吸を繰り返した。

「ああ……、すごく良かったわ……」

亜矢子もとろんとした眼差しで彼を見下ろし、満足げに言いながら徐々に肌の強ばりを解いてもたれかかってきた。

まだ膣内はキュッキュッと名残惜しげに収縮し、刺激された幹がヒクヒクと過敏に跳ね上がった。

そして康一は、亜矢子の熱く甘い吐息を間近に嗅ぎながら、うっとりと快感の余韻を噛み締めたのだった……。


――バスルームで、互いに身体を洗い流すと、康一は備え付けのマットを敷いて仰向けになった。

「ね、こうして……」

彼は亜矢子を抱き寄せ、女上位のシックスナインでペニスをしゃぶってもらった。

もちろん、もう一回射精しないことには治まらない。

彼も下から豊満な腰を抱き寄せ、体臭の薄れた割れ目を舐め回し、新たに溢れてくる愛液をすすった。

「ンンッ……！」

亀頭を含んで吸い付きながら、亜矢子が感じてクネクネと尻を動かし、膣口と肛門を震わせた。

「ね、先生、オシッコして……」

「そ、そんなこと、無理よ……」

康一が言うと、亜矢子は驚いたようにスポンと口を引き離して答えた。

「ほんの少しでいいから、すぐ洗い流すし」

執拗にせがみ、クリトリスを吸うと、亜矢子も再びペニスを呑み込んで舌をからめてくれた。

そして快感の余韻に朦朧となり、吸われるうち次第に尿意が高まってきたようだ。

「いいの？　本当に……」

「うん、浴びながらいきたいからしゃぶり続けて……」

すっかり尿意を催《もよお》した亜矢子が言い、康一が答えると、また二人は最も敏感な部分を舐め合った。

するとたちまち割れ目内部の柔肉が蠢き、とうとうチョロチョロと温かな流れがほとばしってきた。

「ク……」

亜矢子が放尿しながら亀頭に吸い付いて呻き、康一も流れを口に受けながら股間を突き上げ、そのまま絶頂に達してしまった。

味も匂いも淡く上品で、彼は抵抗なく喉を潤しながら、勢いよく亜矢子の口に射精した。

「ンン……」

噴出を受け止め、亜矢子が呻きながら吸い取ってくれた。

放尿はすぐに治まり、康一はビショビショの割れ目を舐め回して余りの雫を貪り、心ゆくまで快感を噛み締め、亜矢子の口に出し尽くした。

やがて亜矢子も、白く豊かな尻をプルンと震わせ、亀頭を含んだまま口に溜まったザーメンを飲み干してくれたのだった。

3

「まあ、康一君？」

翌日、康一が本屋に行くと、帰り道で浅野真希《あさのまき》に会った。真希は一級上で、中学では文芸部の先輩だった。

家も割りに近いので、彼が中三の時には、高一の彼女に受験用の家庭教師にも来てもらっていたのである。

その頃はオナニー覚えたてで、肩越しに勉強を見てもらうたび、背中に触れる彼女の胸や、甘酸っぱい吐息を感じては勃起し、夜には彼女専用のスリッパを嗅ぎながらオナニーしたものだった。

言わば康一にとって、最初に接した女性である。

真希は、高校は女子高に進み、今は都内に住んで女子大に通っている。確か一月生まれだから、まだ十八歳の大学一年生だった。

今は、冬休みで実家に帰っていたのだろう。

「あ、こんにちは。ご無沙汰《ぶさた》してます」

「まあ、すっかり大人びたわね」

真希は言ったが、彼女もまた輝くように美しく成長していた。

ボブカットの黒髪が冬の陽射しを浴びてツヤツヤと光沢を放ち、整った目鼻立ちに笑窪《えくぼ》が愛らしい。

胸の膨らみや尻の丸みも成長途上で、一級上とはいえ康一より小柄で、まだ高一ぐらいに見える美少女だった。

「うちへ来ない？　今日は誰もいないの」

「ええ、じゃ」

真希が誘ってくれ、康一も急激に股間を熱くさせて頷いた。

中学時代、彼女が来てくれるばかりでなく、彼もまた真希の家を訪ねたことがあったが、すでに三年余りが経っていた。

「今日はイヴね。誰か女の子との約束はないの？」

「ないです。受験があるし、男子校だから。真希姉ちゃんは？」

「そう、受験ね。私もまだ彼氏はいないのよ」

真希が答えた。

女子高から女子大に進み、見かけも幼げだから、まだ処女のままかも知れない。

やがて二人は彼女の家に行き、真希が鍵《かぎ》を出して玄関を開けた。康一の家とほぼ同じ、中流の二階家である。

真希の父親は高校教員、母親も以前は小学校の教員だったようだが、結婚してからは主婦。今日はスポーツジムの仲間たちとのパーティに行っているらしい。

すぐ二階に招かれ、先を上がっていく真希の脹ら脛が何とも艶めかしく躍動し、彼はスカートの巻き起こす生ぬるい風を吸い込んだ。

部屋に入ると、ベッドの位置や机、本棚などは三年前と変わらなかった。ただ並んでいる本やCDが大人びて、室内に籠もる思春期の匂いも、あの頃より濃く艶めかしくなっていた。

いや、匂いに関しては、能力が増し、女性を知った今の康一の方が激しく敏感になっているのだろう。

「懐かしい。ここで勉強を教わったこともあったんだね」

康一が言うと、そのまま椅子をすすめられ、真希はベッドの端に座った。

「大学は、どこを受けるの？」

真希が訊いてきた。

「東大の文科一本」

「まあ……」

真希が目を丸くした。それなりに優秀だったが、そんなにも秀才だったかしらといった感じである。

「じゃ高校でも、ずっと勉強頑張っていたのね」

「真希姉ちゃんは？　東京の女子大はどう？」

「お嬢様学校なのに、みんな進んでいるわ。エッチな話ばっかり」

真希が答え、康一はいよいよ激しく勃起してきてしまった。

「そう、みんな体験しているの？」

「そうよ。でも私はまだだし、合コンなんかも好きじゃないの。康一君は？」

どうやら、まだ処女らしい。

「もちろんキスもしたことない。ね、真希姉ちゃんがしてくれる？」

康一は、無垢を装いながら大胆に求めた。

もちろん女心をくすぐることに長《た》けた別の自分のテクニックで、強引にならず羞恥を含み、甘えるような口調と表情を駆使した。

「うん……、康一君なら、いいかな……。もう同じ十八だし」

真希が言い、康一も期待と興奮に胸を高鳴らせた。

いかに多くの能力を持っていても、女性に関しては決して慣れることなく、常に新鮮な喜びが得られるようだった。

「本当？」

康一は立ち上がり、彼女の隣に座った。

「ええ、イヴだし、そろそろ体験しないとみんなに遅れるし、それに康一君なら前から可愛いと思っていたから」

キスだけでなく、何もかも体験したい勢いである。

前からの願望もあるだろうが、やはり康一の発する強力なオーラの影響も大きいのだろう。

「じゃ、して」

「康一君の方からして……」

言うと、真希はこちらに向いて顔を寄せ、長い睫毛を伏せた。

彼も顔を迫らせ、無垢な唇にそっと自分の唇を重ねていった。触れ合うと、閉じられた睫毛が微かに震え、真希が身を強ばらせた。

笑窪の浮かぶ頰が間近に迫り、窓から射す日を浴びて白桃《はくとう》のような産毛《うぶげ》が輝いた。

甘酸っぱい果実臭の息が弾み、康一は痛いほど股間を突っ張らせながら舌を伸ばしていった。

処女なので最初はソフトキスの方が良いのだろうが、何しろ欲情しているし、真希も最後まで突き進んで構わない勢いが感じられた。

差し入れて、唾液に湿った唇の内側のヌメリを舐め、滑らかな歯並びやピンクの歯茎までチロチロと探った。

すると真希も、そろそろと歯を開いて侵入を許してくれた。

彼女の口の中は、さらに濃厚な果実臭が馥郁と籠もり、康一は舌を探ってクチュクチュとからみつけた。

「ンン……」

真希は小さく鼻を鳴らし、遊んでくれるように舌を蠢かせてくれた。

滑らかに蠢く舌は心地よい感触で、生温かく清らかな唾液が実に美味しかった。

真希はファーストキスの緊張で遠慮がちに呼吸していたが、次第に胸が高鳴ってきたように息が弾み、さらに苦しげに引き離してきた。

「大丈夫？」

「ええ……、胸がドキドキしているわ……」

訊くと、真希が胸を押さえて小さく答えた。

「いきなりベロ入れるんだもの……」

「ごめんね。もっとしてみたい。ね、真希姉ちゃん脱いで。それから、お願いがあるんだけど」

「なに……」

「高校時代のセーラー服を着てほしい。とっても懐かしいから」

康一は、興奮しながら懇願した。

何しろ、真希は高校の帰りに真っ直ぐ彼の家へ家庭教師に来ることが多かったから、彼女のイメージは常に清楚なセーラー服なのだ。

「まだ取ってあるでしょう？」

「あるけど、入るかしら……」

「うん、体型も変わってないから着てみて。出来れば裸の上から」

康一は言い、自分は手早く服を脱ぎ去ってしまい、最後の一枚になってから布団に潜り込み、中で下着を脱いだ。枕にも布団にも、真希の甘ったるい匂いが悩ましく沁み付いていた。

真希も意を決して立ち上がり、作り付けのクローゼットを開け、奥から高校時代の制服を取り出して吊した。

濃紺のスカートに、白い長袖《ながそで》のセーラー服。襟と袖だけ紺色で三本の白線が入り、スカーフは臙脂《えんじ》。

まだ高校を卒業して十ヶ月足らずだから、在学中と同じように似合うはずだ。

彼女もブラウスとスカートを脱ぎ、彼に背を向けてブラを外した。

そして裸の上からセーラー服を羽織ってスカーフを締め、スカートを穿いてから下着を脱いだ。

もともと白のソックスだから、たちまち当時のままの彼女が甦った。

「恥ずかしいわ……」

向き直った真希がモジモジと言い、康一は布団をはいで彼女をベッドに誘った。

真希は、彼の裸を見ないようにし、ゆっくりベッドに上がってきた。

4

「ね、真希姉ちゃん、ここに座ってみて……」

康一は、自分の下腹を指して真希に言った。

「どうして……」

「一度でいいから、してみたかったことなの」

康一は言いながら、真希の手を引いた。

本当は、彼女は初めてなのでノーマルな行為をしてやりたかったが、どうにも願望が強く湧き上がってしまっていた。

それに、彼の力でどうせ初回から快楽を得るだろうし、良い思い出になるよう操作することも難しくないだろう。

「ああ、重いわよ、いいのかしら……」

真希も操《あやつ》られるように、声を震わせながらそっと跨がってしゃがみ込んだ。裾《すそ》がめくれ、ムッチリとした健康的な脚が見え、やがて彼女は完全に康一の下腹に座り込んでくれた。

ノーパンだから、無垢な割れ目が直に下腹に密着し、微かな湿り気が感じられた。

「ね、両脚を伸ばして、僕の顔に乗せて」

康一は、立てた両膝に彼女を寄りかからせ、両足首を握って引き寄せた。

「あん、ダメよ、こんなの……」

真希はむずがるように嫌々をしながらも、両脚を伸ばしてきた。そして洗脳されたように、とうとう彼に全体重をかけてくれたのである。

「ああ、気持ちいい……」

「お、重いでしょう……」

「大丈夫。見かけよりずっと頑丈に出来ているから」

康一は答え、ほんのり黒ずんだソックスの爪先に鼻を押しつけて嗅ぎ、さらに両脚からソックスを脱がせてしまった。

両の素足を顔に受けると、ゾクゾクと悦びが突き上がってきた。

彼女が身じろぐたび、湿った割れ目がグイグイと下腹に擦られ、勃起したペニスがトントンと彼女の腰をノックした。

康一は、年上だが美少女の真希の足裏を舐め、指の股に鼻を割り込ませて嗅いだ。今日は歩き回っていたようで、そこは生ぬるく汗と脂に湿り、ムレムレの匂いが濃く籠もっていた。

彼は真希の足の匂いを心ゆくまで貪ってから、爪先にしゃぶり付き、順々に指の間にヌルッと舌を挿し入れていった。

「あう、ダメよ、汚いのに……」

真希はクネクネと身悶えながら呻き、さらに密着する割れ目の潤いが増してきたように感じられた。

康一は味と匂いが薄れるほど両足とも貪り尽くし、ようやく彼女の足裏を顔の左右に置いて、手を握った。

「顔にしゃがみ込んで」

「そ、そんなこと……」

言いながら引っ張ると、真希はフラつきながらも彼の上を前進してきた。すでに朦朧となり、何でも言いなりになっている感じだ。

顔の左右で足を踏ん張り、完全にしゃがみ込むと、脹ら脛と太腿がムッチリと張り詰め、無垢な割れ目が鼻先に迫ってきた。

そしてスカートの中に籠もった熱気が、ほのかな匂いを含んで康一の顔中を包み込んだ。

「ああ、恥ずかしいわ。そんなに見ないで……」

真希は完全な和式トイレスタイルになって言い、両手で顔を覆いながらも、その体勢を崩そうとはしなかった。

処女の割れ目は、しゃがみ込んだため丸みを帯び、ゴムまりを二つ横に並べて押しつぶしたようだった。縦線からは、僅かにピンクの花びらがはみ出し、確実に潤っているのが分かった。

ぷっくりした丘には、ほんのひとつまみほどの若草が恥ずかしげに煙り、彼は指を当てて陰唇を左右に広げてみた。

「く……」

触れられた真希が呻き、ピクンと下腹を震わせた。

中も綺麗なピンクの柔肉で、無垢な膣口が花弁のように襞を入り組ませて息づき、ポツンとした尿道口もはっきり分かった。

包皮の下からは小粒のクリトリスが顔を覗かせ、真珠色の光沢を放っていた。

もう堪らず、康一は腰を抱き寄せ、恥毛の丘に鼻を埋め込んでいった。

柔らかな感触を味わいながら嗅ぐと、汗とオシッコの匂いが可愛らしく籠もり、生ぬるく鼻腔を刺激してきた。

「いい匂い」

「あん、ダメ、言わないで……」

真下から言うと、真希が顔を隠したまま小さく声を洩らした。

康一は充分に嗅ぎながら舌を挿し入れ、膣口の襞をクチュクチュ掻き回すと、やはり淡い酸味のヌメリが動きを滑らかにさせた。

そのままクリトリスまで舐め上げていくと、

「アアッ……！」

真希が熱く喘ぎ、思わずギュッと座り込みそうになるたび、懸命に両足を踏ん張って堪えた。

割れ目内部を一通り味わってから、康一は真希の尻の真下に潜り込み、ひんやりした双丘を顔中に受け止めながら、谷間の可憐な蕾に鼻を埋め込んだ。

そこにはやはり汗の匂いに混じり、秘めやかな微香が悩ましく籠もっていた。

康一は美少女の恥ずかしい匂いを貪り、鼻腔を刺激され、やがて舌を這わせてチロチロと蕾を舐めた。

そして震える襞が充分に濡れると、ヌルッと潜り込ませて粘膜を味わった。

「あう……、嘘……、そこはダメ……！」

信じられない思いで真希が呻き、肛門でキュッと舌先を締め付けてきた。

康一は内部で舌を出し入れさせ、充分に味わってから再び割れ目に戻ると、トロリとした蜜が大洪水になっていた。

それをすすり、クリトリスに吸い付くと、

「ああ……！」

真希が喘ぎ、しゃがみ込んでいられず両膝を突き、さらに突っ伏してしまった。

康一はいったん這い出して身を起こし、あらためて真希を仰向けにさせた。

そして股を開かせて股間を進め、まずは処女を頂くことにした。

これだけ濡れているし、あと一ヶ月足らずで十九歳なのだから、真希も異存はないだろう。

むしろ康一に捧げるため、今日まで無垢でいてくれたような気さえした。

先端を割れ目に押し付けてヌメリを与え、彼は位置を定めて挿入していった。

張りつめた亀頭が処女膜を丸く押し広げ、キュッとくわえ込まれた。

しかしヌメリに合わせ、一気に根元までヌルヌルッと貫くと、何とも心地よい締め付けと摩擦、熱いほどの温もりが彼自身を包み込んだ。

「アアッ……！」

真希がビクッと顔を仰け反らせ、眉をひそめて喘いだ。

康一は快感を噛み締め、股間を押し付けて密着させながら、真希のセーラー服をたくし上げた。

形良い神聖なオッパイが露わになり、彼は屈み込んで薄桃色の乳首にチュッと吸い付いていった。柔らかく、弾力を秘めた膨らみに顔中を押し付け、左右とも交互に含んで舌で転がした。

しかし真希は、オッパイへの刺激など分からないほど、破瓜《はか》の痛みに包まれて奥歯を噛み締めていた。

康一はまだ動かず、両の乳首を存分に味わってから、乱れたセーラー服の中に潜り込み、じっとり汗ばんだ腋の下にも鼻を埋め込んで嗅いだ。そこは生ぬるく甘ったるい匂いが濃厚に籠もり、彼は真希の体臭に噎せ返った。

そして様子を探るように、小刻みに腰を突き動かしはじめた。

「あう……」

「大丈夫？」

真希が呻くので気遣って囁くと、彼女は健気《けなげ》に小さくこっくりした。

最初が痛いことぐらい知っていて、何度もしなければ快楽に巡り会えないことも分かっているだろう。

康一の方も、いったん動いてしまうとあまりの快感に止まらなくなり、次第に気遣いも忘れてリズミカルに律動してしまった。愛液のヌメリで動きは滑らかになり、クチュクチュと摩擦音も聞こえてきた。

あまり長引かせるのも気の毒だろうから、康一は一気にフィニッシュを目指して股間をぶつけた。高まりながら、上から唇を重ね、甘酸っぱい息を嗅ぎながら舌をからめた。

「ンンッ……！」

すると真希が熱く鼻を鳴らし、下から激しく両手を回してしがみついてきた。

さらに股間もズンズンと突き上げはじめたではないか。

どうやら痛みばかりでなく、奥にある快感も芽生えはじめたようだ。これも彼の持つパワーの影響なのかも知れない。

「あぁッ……、奥が、熱いわ……、もっと強く……！」

真希が口を離してせがみ、とうとう康一も動きながら激しくオルガスムスに達してしまった。

「く……！」

大きな快感とともに呻き、熱い大量のザーメンがドクドクと内部にほとばしり、深い部分を直撃した。

5

「アア……、き、気持ちいいッ……！」

真希が喘ぎながら、ヒクヒクと全身を痙攣させ、膣内の収縮も高めた。

どうやら稀《まれ》であるが、初回から絶頂に達してしまったらしい。

体験したくて仕方がなかったが相手がおらず、気心知れた康一と再会し、しかも彼は無限大のパワーを持っていたから、最適な初体験の相手というわけだったのだろう。

互いの快感が伝わり合うように、康一は最後の一滴まで出し尽くしていった。

「ああ、気持ち良かった……」

康一はすっかり満足し、感謝を込めて言いながら動きを弱めていった。

真希も、すっかり力を抜いてグッタリと身を投げ出し、ハアハアと荒い呼吸を繰り返していた。

彼はもたれかかり、喘ぐ真希の口に鼻を押しつけ、かぐわしい果実臭の息を胸いっぱいに嗅ぎながら、うっとりと余韻を味わったのだった。

そして呼吸を整えると、そろそろと身を起こして股間を引き離し、枕元にあったティッシュで手早くペニスを拭った。

彼女の股間に潜り込んで見ると、陰唇は痛々しくめくれていたが、柔肉は満足げに息づいているようだ。膣口から逆流するザーメンには、うっすらと血が混じり、康一は優しく拭いてやった。

処理を終えて添い寝すると、真希がしがみついてきた。

「痛かった?」

「ええ、最初は。でも途中から、わけが分からなくなるほど気持ち良くなって……」

真希は思っていたより元気な声で答え、自身の中に残る感覚を探るように感想を述べた。

十八歳のイヴに念願の初体験を果たし、ほっとしているのかも知れない。少なくとも後悔はないようで、康一も安心したものだった。

腕枕してやり、ふんわりした髪の乳臭い匂いを嗅いでいるうち、康一は急激にムクムクと回復していった。

「ああ、可愛い……」

思わず言って抱きすくめると、

「可愛いなんて言わないで。私の方が一級上なのよ」

真希が怒ったように言った。

「うん、ごめん。とにかく昔から真希姉ちゃんが大好きだったから」

康一は言い、完全に元の大きさと硬さを取り戻したペニスを彼女の太腿にグイグイと押し付けた。

すると真希が、そろそろと手を伸ばし、やんわりと握ってきた。

「ああ、気持ちいい……」

「見てもいい？」

康一がうっとりと喘ぐと、真希が言って身を起こしてきた。

彼が大股開きになると、真希も真ん中に腹這い、可憐な顔を寄せて目を凝らした。

「これが入ったのね。おかしな形……」

真希は呟きながら、幹をニギニギし、張りつめた亀頭に触れてきた。さらに陰嚢を探って二つの睾丸を確認し、袋をつまんで肛門の方まで覗き込んだ。

そして再びペニスに戻り、熱い視線と息を注いできた。

「舐めて……」

せがむように幹を震わせて言うと、真希も顔を寄せてチロリと舌を出し、粘液の滲む尿道口を舐め回してくれた。

「ああ、いい気持ち……、深く入れて……」

康一が喘ぎながら言うと、真希も丸く口を開いて亀頭を含み、さらにモグモグと喉の奥まで呑み込んでいった。

「アア……」

彼は、美少女の息を股間に受け、温かく濡れた口の中でペニスを震わせて喘いだ。

真希も幹を締め付けて吸いながら、内部でクチュクチュと舌をからみつけるように蠢かせ、清らかな唾液に浸してくれた。

股間を見ると、セーラー服の美少女がペニスを頬張り、無心に吸い付いている。康一は、このまま発射したくなった。

小刻みに股間を突き上げると、

真希は喉の奥を突かれて呻き、さらに大量の唾液を分泌させながら舌をからめ、自分も顔を上下させて摩擦してくれた。

「アア、気持ちいい、いきそう……」

康一はジワジワと高まりながら喘ぎ、股間の突き上げを続けた。

真希も受け入れるつもりのように、懸命にしゃぶりついてくれ、スポスポと湿った音を立てた。愛撫はぎこちなく、たまに歯が触れるが、それも初々《ういうい》しく実に新鮮で、彼は激しく昇り詰めた。

「い、いく……、飲んで……、ああッ……！」

たちまち康一は溶けてしまいそうな絶頂の快感に包まれ、口走りながら勢いよく射精してしまった。

「ク……」

熱い噴出で喉の奥を直撃されながら呻き、それでも真希は熱いほとばしりを受け止めてくれた。康一は、清らかな美少女の口を汚す快感に身悶え、心置きなく最後の一滴まで出し尽くしてしまった。

すっかり満足しながら突き上げを止め、グッタリと身を投げ出すと、真希も舌の蠢きと吸引を止め、じっと息を詰めた。そして亀頭を含んだまま口の中に満ちたザーメンを、コクンと飲み下してくれた。

「あう……」

喉が鳴ると同時に口腔がキュッと締まり、康一は駄目押しの快感に呻いて幹を震わせた。

真希も全て喉に流し込むと、チュパッと口を引き離し、なおも尿道口に脹らむ白濁の雫を丁寧に舐め取ってくれた。

「も、もういい、どうも有難う……」

康一は過敏にヒクヒクと反応して言い、降参するように腰をよじった。

真希もようやく舌を引っ込め、再び添い寝してきたので、今度は彼が腕枕してもらった。

そして果実臭の息を嗅ぎながら、うっとりと余韻に浸り込んだ。

「ね、これからもまたして。お正月過ぎまで、こっちにいるでしょう……？」

「ええ……」

訊くと、真希も彼の顔を胸に抱きながら答えた。

「ああ、とうとうしちゃったわ。何だか、前から康一君とするような気がしていた」

真希が言う。

「本当？」

「ええ、家庭教師しているときも、何度もそう思ったの」

「そう言ってくれれば良かったのに。僕も何度も、真希姉ちゃんを思って自分でしていたんだから」

康一は言い、あの頃に体験していたら、どんな人生になっていただろうと思った。

「それは無理よ。受験の前だったし、そのせいで高校に落ちたら私が困るもの」

「そう、今だから良かったのかも知れないね」

「そうよ。でも今も受験前だわね。勉強に集中出来なくなったらどうしましょう」

「大丈夫。それは心配しないで」

「すごいわ。自信があるのね」

真希は言い、彼の成長ぶりに驚いているようだった。

やがて真希が身を起こし、セーラー服とスカートを脱いで全裸になった。

「ちょっと待ってて、シャワー浴びてくるから」

彼女が言い、服を持って部屋を出て行った。康一は、立て続けに二度の射精で満足し、そのまま横になっていた。

そしてもう一度真希の枕の匂いを嗅いでから、起き上がって身繕いした。自分は家で風呂に入れば良い。

ここは近いから、また来ることになるだろう。

しばらくすると、シャワーを浴び終えた真希が服を着て部屋に戻ってきた。

「じゃ、僕帰るね」

「ええ、嬉しかったわ。じゃまた」

言うと、真希も笑顔で答え、一緒に部屋を出て階段を下りた。

真希に見送られ、そのまま彼は帰宅し、自室でいろいろと思った。この部屋で真希に勉強を教わり、憧れていたが、それがとうとうセックスできたのだ。しかも真希は処女であった。

全ては奈月との出会いが始まりだ。

もし奈月と会わず能力を貰わなかったら、いかに真希と再会しても、こう上手《うま》くはいかなかっただろう。やはり多くの能力を持って自信がついたから、迷いなく抱くことが出来たのである。

と、その時である。

外にバイクの音が聞こえて停まり、窓にコツンと小石がぶつけられた。

窓を開けてみると、東田治夫がヘルメットを外してこちらを見上げ、顎をしゃくって来るよう合図した。

他にも仲間の、数台のバイクが止まっている。

まだ午後三時。母もパートから帰っていない。

康一は頷き、すぐに階段を下りて再び家を出たのだった。

# 第四章　爆乳美熟女の熱き愛液

## 1

「どうも変だ。なぜそんなに落ち着いてやがる」

治夫が、タバコをくわえながら康一に言った。

バイクの後ろに乗せられ、康一は町外れにあるゴルフ練習場の駐車場に連れてこられていた。練習場は、すでに潰れているので、この駐車場は治夫がヘッドを務める暴走族がよく集会に使っているようだ。

来るとき、康一もバイクを運転してみたくて、一台借りようかと思ったが、あまりに高度なテクニックを使うと連中も気味悪くなってしまうだろう。

だから大人しく乗せてもらったのだった。

連中は治夫の他、全部で六人いた。もちろん暴走族の全体の何分の一かで、精鋭だけが集まったのかも知れない。

とにかく康一は、人けのない駐車場で連中に囲まれながら平然としているので、治夫も舌を巻いているところだった。

「お前の中に、別の誰かが入っているようだぜ」

「ほう、なかなか良いところを突いているな。確かに僕は生まれ変わったんだ」

治夫の言葉に、康一は感心して答えた。

「どう変わったんだ」

「バカが許せない性格になった」

「何だと、俺たちとやろうってのか、一人で」

「そのつもりで呼んだんだろう。その前に金だ」

康一が言うと、治夫も不敵な笑みを浮かべた。

「そうだった。二十三万いくらとか言ってたな、それと麻雀の分」

「いや、僕もお前らの要求に断る勇気がなくて悪い部分があった。だから端数は要らない。二十万ちょうどでいい。麻雀はもともとイカサマだから取らない」

「二十万か。いいだろう」

治夫は言って財布から数枚の万札を出して数えた。足りない分は、連中からかき集めて二十万揃えて渡してきた。

連中は、何でこんな奴に金を、という顔をしたものもいたが、結局ここで叩きのめせば回収できると思ったのだろう。

「有難う。確かに」

康一は受け取り、ポケットに入れた。

「さて、話に戻ろう。喧嘩もしてえが、その前に訊きてえことがある。柔道部の西川やボクシングの北見、それからグループの何人かが姿を消している。お前知ってるだろう？」

治夫が言う。

そういえば今いる連中の中に、奈月の姿を見た一人も混じっていた。その男は後ろの方から、恐ろしげに康一の様子を窺っていた。

「ああ、知っている。僕が叩きのめした。それで、恥ずかしくて姿をくらましたんだろう」

「ありえねえ。お前が西川や北見を倒せるはずはねえ。拳銃でも使わねえかぎりな」

治夫が、それでもさすがに慎重に、様子を探るように言った。

「いや、実は僕はあらゆる武道を修行してきたんだ。それを今まで隠していたが、卒業前に我慢しきれなくなった」

「その体型でか」

「見かけじゃ分からないってば」

康一が笑って言うと、一人の男が、背中に斜めに背負っていた袋を降ろし、中から二本の竹刀《しない》を取り出した。

「あらゆる武道なら、剣道も出来るんだろう。そら」

そう言って竹刀を一本投げて寄越したのは、剣道部の三年生で二段の南山《みなみやま》純司《じゅんじ》だった。

「うん、竹刀で良かった。木刀じゃ怪我をさせるからね」

受け取った康一が言うと、相手もいきり立って青眼《せいがん》に構えてきた。

治夫をはじめ他の連中も、お手並み拝見といった感じで遠ざかった。

「いくぜ」

純司が言うなり間合いを詰め、康一も両手で竹刀を握って構えた。

「う……」

すると純司は呻き、そこから動けなくなった。さすがに技量の違いが無意識に分かったのだろう。

まず純司が市で一、二を争う腕としても、康一には、生まれてからずっと剣道だけに精進してきた自分が宿っているので、恐らく十八歳の中では世界有数の腕前である。だからたとえ素手でも、竹刀を持った純司と充分に渡り合って勝てる力を持っているのだ。

しかし仲間に見られている手前、純司は降参するわけにいかなかった。

時間が勿体ないので、康一の方からスタスタと間合いを詰めていくと、いきなり純司が捨《す》て鉢《ばち》になり、左手一本で突きを見舞ってきた。

軽く躱《かわ》して小手打ち。

「うぐ……！」

純司はガラリと竹刀を落として呻いた。

さらに、その頭を軽くポンポンと叩くと、さして痛くないだろうに、

「うわあ……」

純司は悲鳴を上げ、地面に釘打ちされるように腰を抜かした。

「駄目だ、勝負にならない」

康一が言うと、背後にいた一人がいきなり金属バットを振るってきた。

それも躱して向き直り、今度は容赦なく小手から面への素早い二段打ち。

「ぐええ……！」

男は奇声を発して地を転がった。

さらに他の連中が身構えると、治夫が割って入った。

「待て！　確かに今のアンコウは只者《ただもの》じゃねえ。日をあらためよう。ここまでコケにされたら、全員の前でお前を倒すしかねえ。また連絡する。行くぞ！」

治夫は言い、バイクに跨《また》がった。やはりヘッドというのは、全員の前でカッコつけないとならないのだろう。

すると無事な連中が、腰を抜かしている純司と、苦悶している男を引き起こした。

今回は人数も多いからか、奈月は姿を現さなかった。

「おい、これで終わりなら家まで送ってくれ。いや、南山のバイクを借りる」

康一は言い、バイクに跨がって純司を後部シートに跨がらせた。

「お、お前免許持ってるのか……」

「不良がつまらんことを言うな。摑まっていろよ」

康一は言い、ノーヘルのまま四〇〇ccのバイクのエンジンをかけ、連中の準備を待ってスタートさせた。

「ひいい……！」

純司が必死にしがみつき、あまりに無謀な加速に悲鳴を上げた。

もちろん康一の別の人生では、バイク狂いで運転テクニックの天才もいたことだろう。コーナーではグンと身体を傾けて走行し、後ろでは純司が失神しそうになりながらも必死になって両手を回していた。

なるほど、爽快なものだった。

ウイリー走行をしてみようと思い、康一は純司の重さも計算に入れながら一気に後方へ体重をかけ、アクセル調整で前輪を浮かせた。

「や、やめてくれえ……！」

後ろから純司が懸命に声を絞り出し、痛いほど康一の腹を摑んできた。女性なら良かったが、男ではどう仕様もない。

可哀想《かわいそう》なので前輪を降ろし、普通の走行に戻してやったが、間もなく康一の家に着いたので、スピンターンをしてキッと停車させた。

純司が慌てて降りて、無事に地面に立てたことでほっとしたか、またその場に腰を抜かしてしまった。

康一はスタンドを立て、あとから来て停まった連中に言った。

「南山には運転させない方がいいな。誰か代わって後ろに乗せてやってくれ」

するると、治夫をはじめ全員が目を丸くし、呆然と康一を見ていた。

「お、おい、代わってやれ」

治夫が言うと、後部に乗っていた一人が降り、純司のバイクに跨がった。バイクは人数より一台少ないから、ちょうど良いだろう。

治夫たちは何も言わず、そのまま可愛いぐらいの安全運転で走り去っていった。

それを見送り、康一は家に入った。

やがて夜になって両親も帰り、イヴ特集のテレビを見ながら夕食をし、風呂を済ませて二階に上がった。

もう受験勉強も必要ないが、それでもざっと参考書を見て理解できていることを確認した。そして習慣だったオナニーも、これからいくらでも女性が手に入るのだから控え、早寝したのであった。

——翌日のクリスマス、治夫はまた真希の家を訪ねた。

さとみを抱きたいが、彼女は年明けまで横浜の実家だろう。だから昨日処女を失ったばかりの真希をもう一度抱きたくて行ったのだ。

しかし、チャイムを鳴らしても誰も出ない。

残念ながら留守のようだ。

仕方なく引き返そうとしたところで、真希の母親、喜代美《きよみ》が自転車に乗って帰ってきた。

久々に会ったが、実に良い熟れ具合の爆乳。確か学生結婚の三十八歳で、当時から自分の母親よりずいぶん若いなと思っていたものだった。

ジャージ姿で、どうやらスポーツジムの帰りらしく、喜代美は康一の顔を見て、すぐ思い出したように笑みを向けてくれた。

## 2

「まあ、確か康一君ね？　ずいぶんお久しぶりだわ」

「ええ、こんにちは。真希姉ちゃんを訪ねてきたんですが」

喜代美が言い、康一も頭を下げて答えた。

「そう、せっかく来てくれたのに残念だわ。今日は高校時代のお友達の家でパーティに招かれているのよ。でも、せっかくだから入って」

喜代美は言ってくれ、すぐに鍵を開けて家に招き入れてくれた。

(この美人ママでもいいな……)

康一は思い、股間を熱くさせながらリビングに入った。

お茶を入れてくれながら、彼女が動くたびに漂う甘ったるいミルク臭の汗の匂いがペニスに響いてきた。

どうやらスポーツジムで運動し、シャワーは家で浴びるつもりで、そのまま帰宅してきたらしい。

「あの子、たぶん予定は今日だけで、明日から年明けまでいると思うわ」

「はい。近いからまた来ますので」

「そうね。でも確か受験だわね」

喜代美は言い、お茶を入れて並んで座ってきた。さらに生ぬるく甘い匂いが漂い、いよいよ彼は激しく勃起してきた。

喜代美も、運動をしてスッキリし、しかも康一の持つ絶大なオーラに影響されはじめたようだった。それで無意識に、向かいではなく隣に腰を下ろしてきたのかも知れない。

「高校では彼女できた?」

「いえ、男子校ですし、他の学校との交流もなかったですから」

「ああ、そうだったわね。男子ばかりじゃ味気ないでしょう」

「はい、せめてクリスマスぐらい女性と話したくて、それで」

「真希に会いに来たのね」

喜代美が笑って言う。

三年ぶりに会うのだから、好きとか恋とかではなく、他に誰も女性の知り合いがいないから訪ねてきたのだろうと彼女も納得したようだ。

「じゃ、全く何も知らないの。その、キスの経験とかも」

「ええ……、このまま何も知らずに卒業しちゃうのも辛いです」

康一は、もう何度目かの無垢《むく》な振りをして答えた。

「じゃ、卒業までに体験するのが夢なのね……。実は、私にも夢があるの。それは、一度でいいから何も知らない男の子に教えたいっていうこと……」

喜代美の声のトーンが、甘ったるく粘つくような囁きに変化していた。どうやら彼の発する淫気が伝わったか、もともと欲求が溜まっていたのか、打てば響くように反応してきたのだ。

「真希じゃなく、こんなおばさんでも構わないかしら」

「え、ええ……、もちろんです。僕、前から綺麗なママだなって思っていたから」

喜代美が大胆に切り出し、康一も応じて答えた。

「わあ、なんだか急にドキドキしてきたわ。こっちへ来て」

彼女は言って立ち上がり、奥にある夫婦の寝室に康一を招き入れてくれた。

セミダブルベッドと、シングルベッドが並んでいる。セミダブルは夫のもので、夫婦生活もそこで行うだろうから、シングルの方は喜代美の匂いだけが沁み付いているだろう。

もっとも、そうそう年中夫婦生活もしていないだろうから、正に喜代美の年齢は欲求が溜まっている頃だろう。ましてマンネリも感じているに違いなく、それで若い無垢な男の子を妄想するようになったに違いない。

「じゃ、急いでシャワーを浴びてくるから待ってて」

喜代美が言う。もちろん康一は、真希に会いに来たのだから、出がけには歯磨きとシャワーを済ませていた。

「あ、待って……」

康一は、出ていこうとする喜代美に追い縋《すが》った。

「僕は綺麗にしてきましたので、どうか小母《おば》さんも今のままでお願いします」

「まあ、だってジムでいっぱい運動してきたのよ……」

「僕、女の人の自然のままの匂いを知りたいから」

例によって激しくせがみ、手を引っ張ってシングルベッドに座らせてしまった。

すると喜代美も諦めたように力を抜き、自身に湧き起こる欲望を優先させてくれたようだった。

「分かったわ。じゃ私も、このまま最後まで突き進んじゃうわよ。いいのね？」

喜代美が念を押して言い、あとから汗臭いと言われても遅いと言わんばかりに顔を迫らせてきた。

康一が小さく頷くと、そのまま彼女は肩に手を回し、ピッタリと唇を重ねてきた。

柔らかな感触と唾液の湿り気が伝わり、康一は白粉《おしろい》のように甘い刺激を含んだ吐息の匂いに酔いしれた。

すると喜代美も薄目で彼の目を覗き込みながら、ヌルリと舌を挿し入れてきた。

歯を開いて受け入れると、それは彼の口の中を慈《いつく》しむように隅々まで舐め回し、生温かな唾液で滑らかに蠢《うごめ》いた。

康一も舌をからめ、柔らかな舌触りと唾液のヌメリを味わい、甘い吐息で胸を満たした。

「ンン……」

舌を挿し入れると、喜代美は熱く鼻を鳴らし、チュッと吸い付いてきた。

そして彼の髪を掻きむしるように撫で回してから、息苦しげに唇を離し、唾液が糸を引いて切れた。

「美味しいわ……、さあ、脱ぎましょう……」

喜代美が言い、いったん身を離してジャージを脱ぎはじめた。

康一も立ち上がって手早くシャツとズボン、靴下と下着まで脱ぎ去り、全裸になって横になった。

やはり枕には、美熟女の甘ったるい匂いが濃厚に沁み付いていた。

彼女も最後の一枚を脱ぎ去り、熟れて豊満な肉体を横たえてきた。亜矢子以上に豊かな乳房に、透けるように白い肌。尻も太腿もムチムチと肉づきが良く、実に魅惑的な肢体だった。

「ね、見てもいい？」

康一が囁くと、彼女も仰向けになってくれた。

「恥ずかしいけれど、いいわ。初めてなら見たいでしょうから……」

すると喜代美も答え、僅かに立てた両膝を開いた。康一は身を起こし、彼女の股間に腹這いになり、顔を進めていった。

内腿はムッチリと張り詰め、股間には熱気と湿り気が籠もっていた。

喜代美は恥じらうどころか、さらに大股開きになって彼の顔を受け入れ、股間に両手の指を当てて陰唇をグイッと広げて見せてくれたのだ。

「こうなっているのよ……、この穴に入れるの」

目いっぱい開きながら息を詰めて言い、康一も中心部に目を凝らした。

ふっくらした股間の丘には黒々と艶のある恥毛が密集して茂り、色づいた陰唇と内部の柔肉はヌメヌメと大量の愛液に潤っていた。

かつて真希が生まれ出てきた膣口は、細かな襞が息づき、白っぽい粘液もまつわりついていた。

ポツンとした尿道口もはっきり見え、包皮の下からは小指の先ほどのクリトリスが亀頭型をしてツヤツヤと真珠色の光沢を放っていた。

康一は堪らず、吸い寄せられるようにギュッと割れ目に顔を埋め込み、舌を這わせていった。

「アア……、舐めるの？　すぐ入れても構わないのに、嫌な匂いしないかしら……」

喜代美は喘ぎながら声を震わせて言い、キュッと量感ある内腿で彼の両頬を挟み付けてきた。

康一は柔らかな茂みの隅々に籠もる、汗とオシッコの匂いを貪った。

ヌメリを舐めると、淡い酸味が感じられ、さらに溢れて舌の動きが滑らかになっていった。

膣口から柔肉をたどり、ヌメリを掬《すく》い取りながらクリトリスまで舐め上げていくと彼女の内腿に力が入った。

「あう……、い、いい気持ち……！」

喜代美が呻き、身を弓なりに反らせて言った。

康一はチロチロと舌先で弾くようにクリトリスを舐め、チュッと吸い付いた。

さらに彼女の脚を浮かせ、豊満な尻の谷間に顔を寄せた。薄桃色の蕾《つぼみ》は艶《なま》めかしいおちょぼ口の形をして襞が震え、鼻を埋めて嗅ぐと秘めやかな微香が胸に沁み込んできた。

彼は充分に嗅いでから舌を這わせ、ヌルッと潜り込ませて粘膜を味わった。

「く……、駄目よ、そんなところ……」

喜代美が、キュッキュッと肛門で舌先を締め付けながら呻いた。

康一は執拗に舌を出し入れさせるように動かしてから、彼女の脚を下ろして再び割れ目のヌメリを舐め取り、クリトリスに吸い付いていった。

「アア……、駄目、早く入れて……!」

喜代美が待ちきれないように声を上ずらせてせがみ、ヒクヒクと白い下腹を波打たせた。

康一も、まず一回射精したくなり、身を起こして股間を進めた。

そして幹に指を添えて割れ目に先端を擦りつけ、充分に潤いを与えてから亀頭を潜り込ませていった。

3

「ああーッ……、いいわ……!」

ヌルヌルッと肉襞の摩擦を受けながら根元まで挿入すると、喜代美が顔を仰け反らせて激しく喘いだ。

康一も深々と押し込んで股間を密着させ、温もりと感触を噛み締めながら身を重ねていった。すると、彼女も下から両手を回してしがみつき、若いペニスを味わうように締め付けてきた。

真希を生んでいても締まりは良く、他の誰よりも愛液の量が多かった。

康一はまだ動かず、屈み込んで巨乳に顔を埋め込んでいった。

桜色の乳首を含んで舌で転がし、柔らかな膨らみに顔中を埋め込んで、甘ったるい汗の匂いを嗅いだ。

「アア……、もっと吸って……」

喜代美は次第に朦朧《もうろう》となりながら声を震わせ、待ちきれないようにズンズンと股間を突き上げはじめた。

康一は、もう片方の乳首も含んで舌を這わせ、左右とも充分に味わってから、彼女の腕を差し上げて腋《わき》の下に鼻を埋め込んでいった。

さすがにジムに通っているだけあり、そこはスベスベに手入れされていたが、生ぬるい汗にジットリ湿り、濃厚に甘ったるい匂いが籠もっていた。

彼は美女の体臭を貪って舌を這わせ、ようやく突き上げに合わせて徐々に腰を突き動かしていった。

「ああ、いい気持ち……、もっと突いて、強く奥まで……！」

喜代美が彼の背に爪まで立てて喘ぎ、膣内を艶めかしく収縮させた。

ピストン運動するたびクチュクチュと湿った摩擦音が響き、突くたびに温かな蜜で動きが滑らかになっていった。

揺れてぶつかる陰嚢も愛液にまみれ、康一も高まってきた。

彼は上から唇を重ねて舌をからめ、生温かな唾液をすすり、さらに喘ぐ口に鼻を押し込んで白粉臭の息を胸いっぱいに嗅いだ。

「い、いく……！」

もう我慢できず、康一は美女の匂いで一気に昇り詰め、股間をぶつけるように動かしながら、熱いザーメンを勢いよく注入した。

「あう！　いっちゃう……、気持ちいいッ……！」

噴出を感じた途端、喜代美も呻いて口走り、彼を乗せたままブリッジするようにガクンガクンと腰を跳ね上げてオルガスムスに達した。

膣内の収縮も高まり、康一は心地よい締め付けの中、心ゆくまで快感を味わい、最後の一滴まで出し尽くしていった。

満足しながら徐々に動きを弱め、力を抜いて豊満な三十八歳の熟れ肌に身を預けていくと、

「アア……」

喜代美も硬直を解きながら声を洩らし、グッタリと身を投げ出していった。

まだ膣内は名残惜しげな収縮を繰り返し、刺激されるたび過敏になった幹がピクンと中で跳ね上がった。

そして彼は、美熟女の甘い息をうっとりと嗅ぎながら余韻を噛み締めた。

重なったまま呼吸を整えていると、

「上手だったわ、すごく……」

喜代美が満足げに声を洩らし、彼を乗せたまま爆乳を息づかせた。

やがて康一は身を起こし、そろそろと股間を引き離した。

もちろん一回きりでは萎《な》える様子もなく、まだペニスは突き立ったままだし淫気も衰えていなかった。

そのまま彼は喜代美の足の方に顔を移動させ、足裏を舐めて指の股に鼻を割り込ませて嗅いだ。

やはり、ここは嗅いでおかなければいけない場所である。そこは汗と脂にジットリ湿り、蒸れた匂いが濃く沁み付いていた。

そして爪先にしゃぶり付いて、全ての指の間に舌を割り込ませると、

「あう……、駄目よ、もう堪忍《かんにん》……」

喜代美が呻いて、ビクリと足を引っ込めてしまった。そのまま彼女は懸命に身を起

こし、ベッドを降りた。

「お願い、シャワーを浴びさせてね……」

喜代美は汗ばんだ肌で言い、寝室を出ると彼も従った。

一緒にバスルームに入ってシャワーの湯を出し、互いに浴びて洗い流すと、ようやく彼女もほっとしたようだった。

しかしバスルームに来ると、康一は例のものを求めたくなってしまった。

「ねえ、ここに立って、足を乗せて」

自分は座ったまま言って彼女を目の前に立たせ、片方の足をバスタブのふちに乗せさせた。

「ああ……、どうするの……」

「オシッコを出して。どうしても近くで見てみたい」

「そ、そんな……」

せがむと喜代美は、驚いたようにビクリと身を震わせて言った。

彼は腰を抱えて割れ目に鼻と口を押し当て、舌を這わせた。もう濃厚だった体臭は薄れてしまったが、少し舐めただけで新たな愛液が溢れ、淡い酸味のヌメリで舌の動きが滑らかになっていった。

「ダメよ、離れて……」

「ほんの少しでもいいから……」

言いながら尻込みする喜代美のクリトリスを舐め、尿道口あたりに吸い付いた。

次第に彼女もガクガクと膝を震わせ、尿意が高まってきたようだった。

「アア……、出ちゃう……」

息を詰めて言うなり、チョロチョロと温かな流れがほとばしってきた。

舌に受けて味わうと、やや濃い味と匂いが感じられた。

勢いが増すと溢れた分が身体を温かく伝い流れ、心地よくペニスを浸してきた。

それでもジムでだいぶ汗をかいたのか、オシッコの量は少なく、すぐに流れが治まってしまった。

康一はポタポタ滴《したた》る黄金色の雫《しずく》を受け止め、割れ目内部も舌で掻き回して余りをすすった。

「あうう、もう堪忍……」

喜代美が言うなり脚を下ろし、そのままクタクタと座り込んでしまった。

それを抱き留めて座らせ、康一は入れ替わりに自分が立ち上がってバスタブのふちに座り、彼女の顔の前で両膝を開いた。

「ね、お口でして……」

彼は言いながら喜代美の顔を引き寄せ、さらに爆乳の谷間に幹を挟み、両側から手で揉みしだいた。

「ンン……」

すると喜代美も張りつめた亀頭にしゃぶり付いて鼻を鳴らし、自ら両手をオッパイに当ててペニスを挟み付けてくれた。

柔らかな膨らみの谷間で幹が震え、先端を舐められながら康一は急激に高まっていった。

喜代美も夢中になって舌をからめ、やがて巨乳を離して本格的に喉の奥まで呑み込み、顔を前後させてスポスポと濡れた口で摩擦してくれた。

「い、いっちゃう……！」

あっという間に絶頂に達し、康一は口走りながらありったけのザーメンを勢いよくほとばしらせ、喜代美の喉の奥を直撃した。

「ク……」

噴出を受けて呻き、喜代美は上気した頰をすぼめて全て吸い出してくれた。

「ああ、気持ちいい……！」

彼も喘ぎ、心置きなく出し尽くしてしまった。

すっかり満足しながら荒い呼吸を繰り返し、強ばりを解いていくと喜代美も吸引と舌の蠢きを止め、亀頭をくわえたままザーメンをゴクリと一息に飲み込んでくれた。

口腔がキュッと締まり、彼はピクンと幹を震わせながら力を抜いた。

喜代美もようやくスポンと口を引き離し、両手で幹を挟んだまま尿道口から滲む余りの雫まで丁寧に舐め取ってくれた。

「アア……、も、もう……」

過敏に反応しながら康一が降参して言うと、彼女も舌を引っ込めた。

「続けて二度目なのに、濃いのがいっぱい出たわ……」

喜代美が、とろんとした眼差しで彼を見上げながら言い、チロリと淫らに舌なめずりした。

康一も腰を下ろし、二人でもう一度シャワーを浴びてからバスルームを出て身体を拭いたのだった。

「胸がいっぱいよ。まだドキドキしているわ。念願の童貞を味わえたのだから」

身繕いをしながら喜代美が言った。

「ええ、僕もすごく良かったです。有難うございました」

「ね、真希が東京へ帰ったら、昼間は私だけだから、また何度も来て」

彼が礼を言うと、喜代美が答えた。

暗に康一が、真希とは何もしないように願っているようだった。

まあ自分が先にしてしまったのだからそれも理解できる。

だが、すでに康一が真希としてしまったと知ったら、いったい喜代美はどんな顔をすることだろう。

もちろん真希が母親に言うわけはない。

やがて康一は、ボリュームある熟れ肌の余韻に浸りながら帰宅したのだった。

4

「やっぱり、今年のことは年内に決着をつけねえとな」

治夫が、夕陽を浴びている康一に言った。

もう年も押し詰まり、明日は大晦日《おおみそか》である。

康一は夕方に呼び出され、月見神社前の空き地に来ていた。

相手は治夫の他、彼が率いる暴走族と校内の不良の全員、総勢十五人ほどが顔を揃えていた。

「いいか、お前らは手を出すな。どっちが勝っても、このまま解散だ」

治夫が、ヘッドとしての矜持《きょうじ》で連中に言う。

一同は、治夫の勝利を信じて頷いたが、何人かはすでに康一の強さを知っているので不安げだった。

冬休み中なので学生服はおらず、みな革ジャンで、中には出入りと思ってバットや木刀を持っている者もいた。周囲には停められたバイクが並んでいる。

康一はスニーカーにブルゾン姿で、もちろん何の武器も持っていなかった。

治夫も、空手自慢なので素手である。

「東大を受けるらしいな。怪我をしたら受験に差し支えるが」

すでに康一の受験はどこからか噂になっているようで、治夫が言った。

「ああ、そんな心配は要らないよ」

「いい度胸だ。いくぜ！」

「ああ、いつでも」

治夫が言い、康一も頷いて対峙した。

彼は拳を構え、慎重に間合いを詰めてきた。今日に備えて練習にも励んでいたのだろう。

しかし康一は時間が勿体ないので、例によってスタスタと両手を下げたまま無防備に治夫に迫っていった。

「く……」

治夫は怯《ひる》みそうになったが奥歯を噛み締め、左でフェイントをかけながら正拳を構えた。両腕だけならボクシングに酷似《こくじ》した攻撃である。

しかしいきなり彼は、回し蹴りを繰り出してきた。

それを康一は軽々と避け、逆に回し蹴りを治夫の脇腹に叩き込んだ。

「ウ……！」

治夫は呻き、ガックリと膝を突いた。肋骨《ろっこつ》が折れたらしく、呆気《あっけ》なく一撃で勝負がついてしまった。

「こ、これで終わりかよ……」

治夫が苦悶しながら、必死に声を絞り出した。しかし、もう起き上がることは出来ないでいた。

「化け物め。俺の負けだぜ……。東大、頑張れな……」

「ああ、有難う」

康一が答えるなり、治夫は突っ伏して気を失った。

するると、周囲にいた連中が得物《えもの》を構えて康一を取り囲んできた。

「畜生、やっちまえ！」

誰かが叫び、輪を縮めてきた。

「お前ら、東田の言いつけを忘れたのか。まあいい、まとめて片付けてやる」

康一は言い、ヌンチャクを振ってきた相手の手首を摑み、渾身の力で足を払った。

「うわ……！」

柔道の技である壮絶な山嵐《やまあらし》で投げつけられ、男は声を上げながら五メートルほど先に落下して失神した。

さらに飛来する木刀を躱し、その男の手を捻りながら合気道の入り身投げ。

相手が手首を骨折し、一回転して地に落ちたときには、すでに康一の手に木刀があった。

続いて金属バットを振るった男の小手に木刀を叩き込み、隣の男の脾腹《ひばら》にもめり込ませ、手近にいる者から次々に倒していった。

すると奈月が姿を現し、戦いで倒れた連中を二人ずつ足を摑んでササッと素早く洞窟へと引っ張り込んでいった。

「な、何だ……！」

残りの連中が、夕闇に暗躍する巫女を見て立ちすくんだ。すでに治夫も引っ張り込まれており、さらに康一は連中の腕や肩に木刀を振り下ろし倒していった。

とうとう十数人が地に転がっては奈月に引きずられ、康一が向き直ると、残りは二人だけだった。

剣道部の南山と、前に校庭の隅で奈月を目撃した男である。この二人は最初から尻込みしていたから、戦いには参加していなかったのだ。

「た、助けてくれえ……！」

南山ともう一人は震え上がり、叫ぶなり背を向け、バイクにも乗らず脱兎《だつと》のごとく逃げ出していった。

康一は追わず、木刀を捨てた。

見ると、奈月が最後の二人を洞窟の中に引っ張り込み、すぐに彼女だけ出て来た。

「バイクはどうする？」

「消滅させておくわ」

「逃げた二人は？」

「放っておいていいでしょう。もう悪さする気力も湧かないだろうから」

奈月は、息一つ切らさず可憐な笑みで答えた。

「もう人数は充分だろう。奥の部屋に何があるのか見たい」

「いいわ、来て」

康一が言うと彼女も答え、一緒に洞窟へ向かった。

入る前に振り返ると、すでにバイクは一台残らず消え失せ、落ちた武器などもなくなっていた。どうやら奈月が未知の力で、一瞬でそれらを消滅させてしまったようだった。

鳥居と注連縄《しめなわ》をくぐり、賽銭箱を迂回して洞窟に入ると、康一は奈月に手を握られながら奥の岩壁をすり抜けていった。

中に入ると、そこは前に見たのと同じ何もない銀色の小部屋。

その奥にドアがあった。といっても取っ手などはなく、単にトンネル型の仕切りがあるだけだ。

奈月が手を当てると戸がスライドし、二人は中に入った。

「うわ……」

康一は、中の様子に息を呑んだ。

そこも、床も天井も壁も銀色で、広いドーム状になっていた。

ここが、月見山の内部にある宇宙船の中心部かも知れない。

ライトもないのに中は明るく、生ぬるく甘ったるい匂いが濃厚に立ち籠めていた。

そして存在しているのは、横たわった一人の全裸の美女。

しかも、その美女の身長は十五メートル余りもあるではないか。すなわち、通常の人間の十倍ほどの大きさである。

眠っているのか、巨大美女の長い睫毛は伏せられ、僅かに唇が開いて白い歯並びが覗き、形良い乳房が息づいていた。

「こ、これは……」

「グレートマザー、セレーネ」

「セレーネ……、これが、君の星の住人の姿？　大きさは違うけれど、形は全く人と同じだ……」

康一は、眠っているセレーネを見つめながら言った。

奈月が言う。

「星へ帰らないと立てないわ。地球の環境では、この形を保てないの」

なるほど、人と同じ身体のバランスでは、この身長では重すぎて細い足首が堪えられないだろう。その重さで崩れてしまうため、巨大な豆腐が作れないのと同じ理屈である。

してみると、このドームの中だけで生息できるようだ。

「あいつらは、どこへ？」

「セレーネの股間から入って、全て吸収されているわ」

「え……？」

康一は奈月に振り返った。

どうやら、彼らはみなセレーネの膣口から入り込まされ、すでに彼女に融合しているようだった。服などは、全て消滅したのだろう。

「彼らを殺さないと言っていたのに」

「セレーネの中で生きているわ。もっとも全て消滅して、残るのは生殖器官だけだけれど。私たちの星の生き物は、多くの牡《おす》の生殖器官が必要なの」

「まるで、鮟鱇《あんこう》……」

康一は思い当たった。

鮟鱇の種類の中には、牝《めす》が異常に大きく牡が小さく、生殖した途端に役割を終えて牝に融合してしまうものがいるという。

「何千年も前にここへ来て、セレーネの成長を待っていたの。そしてこの星の牡をどんどん送り込んで、星へ帰ってまた多くの牝を生むわ」

　奈月が言う。

　康一は、そのための牡集めに協力させられたわけだ。

　世の中からいなくなっても構わない連中に限定したのが、奈月たちの僅かな良心かも知れない。

「待って。奈月は最初、自分は人に似せて作られたと言ったけど。だから僕は、もっと人とは違う形を想像していたんだ」

「私の元が違う形なの。私はもともとセレーネの子宮。それを人の形に作り替えられて意思を持たされた」

「し、子宮が君の形に……」

　さすがに康一の優秀な頭脳をもってしても分からないことばかりだった。

5

「触れても大丈夫？　セレーネに」

「いいわ。でも全部脱いで」

康一が言うと、奈月が答え、自分から巫女の衣装を脱ぎはじめた。

彼も手早く全裸になると、奈月が手を握って巨大美女に近づいていった。

「選ばれたあなたは融合しないから心配しないで」

奈月が言い、一緒に無重力状態になってセレーネの乳房まで浮かび上がり、降り立った。

柔らかな肌の感触と、さらに甘い匂いが強くなった。

何千年も飲み食いしていないから排泄《はいせつ》もせず、ドーム内に籠もるのは彼女の体臭のみなのだろう。

巨大な乳首に触れ、眠っている顔を見下ろすと、どことなく奈月に似ている。

康一はいつしか、激しく勃起しながら乳房を降り、首からセレーネの顔へとよじ登った。

大きな赤い唇に触れ、大きなバニラ色の歯並びが覗き、唇の内側には渇いた唾液の匂いが悩ましく沁み付いていた。そして鼻からも口からも熱く湿り気ある息が洩れ、奈月そっくりの甘酸っぱい芳香が濃く胸を満たした。

「いい匂い……」

康一は言い、唇の間に顔を潜り込ませた。するといきなり歯が開いて巨大な舌が伸び、彼はペロリと口の中に吸い込まれてしまった。

奈月も一緒に入ってきたから、それほどの不安は感じなかった。

それよりも彼は巨大美女の口の匂いに包まれ、温かな唾液に浸って興奮した。

唾液を飲んでみたが特に味はない。

蠢く舌に股間を擦りつけると実に心地よかった。何も食べていないから、歯の隙間まで綺麗なものだった。

生ぬるく芳香の満ちたサウナか温泉に浸かっているようで、このまま巨大美女に呑み込まれても良いような気持ちにさえなってきた。

しかし奈月が手を引いてセレーネの歯を開かせ、一緒に外へ這い出た。

そして彼女と一緒に空中を浮遊し、やがてセレーネの下半身へと移動した。

股間に降り立つと豊かな丘に恥毛が茂り、巨大な割れ目からはヌメヌメと潤う陰唇がはみ出していた。

肛門の方まで見えるが汚れはなく、顔を埋めても匂いは感じられなかった。

奈月と一緒に陰唇を広げると、多くの不良たちを吸い込んだ膣口が襞を濡らして息づき、尿道口と、大きなクリトリスが見えた。

「ね、入って射精したい」

「いいわ」

言うと、奈月も気軽に答えてくれた。

康一は彼女に支えられながら、セレーネの膣口に足から潜り込んだ。

そして胸まで没して腹這いになると、内部のヒダヒダが心地よく肌の前面と、背中や尻を摩擦してくれた。

首だけ出すと、正面にいる奈月が唇を重ねてくれた。

彼は、奈月の甘酸っぱい息を嗅ぎながら、滑らかに蠢く舌と温かな唾液を味わい、腹這いのままセレーネの膣内で腰を動かした。

何という妖しい快感であろう。

次第に高まり、康一は腰の動きを激しくさせていった。

すると、眠りながらセレーネも感じはじめたか、ヌメリの量が増え、膣内の収縮も活発になってきた。

「ね、奈月も入ってきて」

康一は、全身を巨大美女の膣内で揉みくちゃにされながら言った。

すると奈月も、彼と一緒になって膣内に潜り込んできた。

二人で抱き合い、康一は仰向けの奈月にのしかかり、正常位で挿入していった。

きた。


「アアッ……！」

奈月もすぐに喘ぎ、狭い膣内で彼女も両手を回してきた。

康一はジワジワと高まりながら、セレーネの膣内で奈月とセックスした。

膣の中の、奈月の膣も温かな愛液にまみれ、キュッと心地よく彼自身を締め付けてきた。

この可憐な美少女が、この巨大美女の子宮とは信じられなかった。恐らく作られたとき、彼女は男の好む感触や匂いまで備えられたのだろう。

康一はセレーネの膣の蠢きの中で、次第に激しく奈月への律動を早めていった。

「い、いきそう……」

「私も……」

息を弾ませて囁くと、彼女もうっとりと彼を見上げながら答えた。

そして康一は胸で奈月の乳房を押しつぶし、股間をぶつけるように動きながら、再び唇を重ねネットリと舌をからめた。

「ンンッ……」

奈月が甘酸っぱい息を弾ませ、彼の舌にチュッと吸い付いてズンズンと股間を突き上げてきた。

膣内のヌメリと締まりは素晴らしく、たちまち康一は温もりのなかで奈月と舌をからめながら大きな絶頂の渦《うず》に巻き込まれてしまった。

「く……！」

オルガスムスの快感に呻きながら、康一はセレーネの内部で身悶え、さらに奈月の中にドクドクと勢いよく射精した。

実に妖しく、この世の誰も経験できない快感である。

「あう、気持ちいいッ……！」

噴出を受け止めた途端、奈月も熱く呻き、締め付けながら喘いでオルガスムスに達したようだ。

康一は股間をぶつけながら、心地よい摩擦のなか最後の一滴まで出し切った。

全て絞り尽くすと、彼は満足げに動きを弱めてゆき、奈月の唾液と吐息を味わいながら、うっとりと余韻に浸り込んでいったのだった。

するとセレーネも、まるで二人の絶頂が伝わったようにキュッキュッと膣内を収縮させ、二人を愛液まみれにさせた。

収縮が止むと、康一も力を抜いて奈月に体重を預けた。

「アア……」

奈月も声を洩らし、グッタリと身を投げ出していった。

暫《しば》し互いに荒い息遣いを混じらせ、セレーネの膣内で温もりに包まれていた。何やら、もう外に出たくない気がするほど快適であった。

「ね、機が熟したら、星へ帰るの？」

康一は、呼吸を整えながら訊いた。

「ええ、帰るし、私は彼女の子宮に戻るわ」

奈月が答えた。

彼女が子宮なのだから、奈月がセレーネの体内に戻るまで妊娠はせず、それまで多くの男の生殖器官を吸収し、準備を整えるのだろう。

「この乗物ごと発進するの？」

「ええ、いったん母船である月に行ってから、そのまま元の星へ戻るわ」

「月そのものが大きな母船なら、奈月たちが星へ帰ったらもう月見は出来なくなる？というより、この月見山は崩れる？」

「テレポーテーションだから、多少の空洞は残るけど崩れるほどじゃないわ。ただ確かに月見は出来なくなるわね」

「それは、いつ頃なの」

「あと百年後ぐらいかしら」

「な、なあんだ……」

康一は、奈月の答えに拍子抜けがした。

もっとも何千年も山の中にいて待機していたのだから、あと百年ぐらい大したことはないのだろう。

「じゃ、これからも多くの男が必要？」

「そうね、まだまだ町のダニたちを退治してもらいたいわ」

奈月が言い、やがて康一もそろそろと股間を引き離した。すると彼女が康一を抱きすくめながら、ゆっくりとセレーネの膣口から出た。

大量の愛液の潤いでツルッと抜け落ちたが、奈月が巧みに彼を支えながら静かに着地した。

すると、みるみる全身のヌメリが消えてゆき、匂いも残らなくなった。

二人は身繕いをし、やがて康一は、もう一度セレーネの巨大な割れ目を見て、思わず柏手を打った。何やら月見神社の洞窟を思わせ、神々《こうごう》しく思えたのだ。

そして一緒にドームを出て、小部屋を通過して洞窟から外に出た。

「じゃ、帰るね」

「ええ、私はあなたのお部屋にも行かれるから、会いたいときは強く念じて」

「それは嬉しい」

康一は言い、奈月に手を振って歩き出した。

彼女もすぐ洞窟に戻って行き、やがて康一は家まで歩いて帰った。

もう両親とも戻って夕食の時間だったが、それほど遅くなったわけではなく叱られることもなかった。

やがて彼は、夕食と入浴を終えて二階の自室に入った。

（今年も明日で終わりか……）

押し詰まってから非現実的なことばかりが起こり、康一は振り返りながら、数々の女性たちを思ったのだった。

# 第五章　誘惑キャリアウーマン

## 1

「ちょっと君、訊きたいことがあるのだけど」

始業式を終えた帰り、康一は一人の女性に校門前で声をかけられた。

もう年も明け、今日から三学期である。

康一は年始からどこへも出かけることをせず、高校生活最後の冬休みをノンビリ過ごしていた。外に出たのは初詣《はつもうで》で月見神社にお詣《まい》りをし、また奈月と濃厚なセックスをしただけであった。

今日の始業式で、久々にさとみに会ったが、彼女もだいぶ意識しているようで、康一とは視線を合わさなかった。

まあ、半月ばかり普通授業があり、下旬に卒業試験、あとは来月から受験のための自由登校になって、三月一日に卒業式。

もう卒業試験の結果は内申書に響かないし、あとは受験に専念するだけだった。

とにかく、勉強はしなくても合格するだろうから、康一はさとみや亜矢子とまた楽しめれば良いと思っていた。

それに校内からは、不良たちが一掃されているのである。

そんな中、いきなり声をかけてきたのは、スーツ姿で長身の女性だった。

三十代半ばで、百七十五センチぐらいはあるだろう。

ショートカットで、精悍《せいかん》そうな頬の引き締まり具合と、切れ長の鋭い目を持った美女である。

「はあ、何でしょう」

「私は、ルポライターのこういうものです」

康一が訊くと、女性は答えて名刺を差し出した。

それは大手出版社のもので、名は『結城冴子《ゆうきさえこ》』と書かれていた。彼が見ると、すぐに冴子は名刺をしまった。

フリーライターなら、この大手出版社の名は便宜上のものだろう。

「それで何か？」

「この学校から、ずいぶん多くの生徒が行方不明になっているの。何か知らないかしら」

冴子が、じっと彼の目を見つめて言った。

「はあ、そういえば見かけなくなった連中は多いけど、みんな受験もしない不良たちでしょう。間もなく自由登校だから、どこかで遊んでいると思いますよ」

「でも、何軒かの家からは捜索願が出されているのよ」

「そうですか。人並みに心配してるんですね。ならば不良になんか育てなければいいのに」

康一が言うと、冴子も彼の物言いに興味を覚えたように、並んでゆっくり一緒に歩きはじめた。

「それから、巫女の姿をした化け物が、彼らをどこかへ引きずり込んでいったという情報も入っているの」

「都市伝説みたいですね。僕は聞いたこともないです」

彼は、冴子から漂う汗と化粧の匂いを感じながら答えた。

「そう」

「他の生徒にも訊きましたか？」

「いえ、情報を集めて、初めてここへ来たの。そして、出て来た君の雰囲気が他の子とは違っていたから、何か知っているのではないかと思って」

「雰囲気が違う？　冴子さんもそうですね」

康一は、淫気を覚えながら彼女を名で呼んだ。

「私の雰囲気？　どこが？」

「ルポライターとして、それなりに修羅場《しゅらば》もくぐってきたのでしょうが、それだけでない殺気があります。指の形からして空手の有段者。骨格や歩き方から剣道や合気道も経験して、目の配り方は元警察官か陸自の特殊部隊とか」

「つ、続けて……」

冴子は驚きに息を吸い込み、康一の横顔を睨みながら歩いた。

「美しくて、知力も強さも完璧なのに、惜しむらくはケアを忘れてガーリック臭がします。ブランチはペペロンチーノとオニオンスープかな」

「う……」

言われて、羞恥と怒りに冴子は呻き、慌ててバッグを探った。ガムでもあったら取り出そうとしたのだろう。

「いいです。今のままの匂いの方が自然で好きです」

「す、すごいわ。君の頭脳と洞察力……」

「惚《ほ》れそうですか？」

「叩きのめしてやりたいわ……」

冴子は答え、前を見て歩いた。

「確かに私は元警察官で、階級は巡査部長。これでも武闘派の女刑事だったの。しかし上司との不倫で退職して一年が経つわ。でも未だにパイプがあるのでルポライターの仕事には重宝しているわ」

冴子が言う。自分が正直に言ったのだから、康一にも何もかも話すよう求めたのだろう。

そして今回の調査は、週刊誌と警察と、両方からの依頼なのかも知れない。

「それで話を戻すけれど、何か知らない？　あるいは君なりの推理がありそうだし。それと、名前を聞いてもいい？」

「安堂康一。健康の康に数字の一です。僕の推理は、あまりに非現実的なので、冴子さんの参考にはなりません」

「いいわ、聞かせて」

「セックスさせてくれたら話します。駅裏にラブホがありますので」

股間を熱くしながら言うと、また冴子は彼の横顔を睨んだ。

「驚いたわ。見かけと全然違うのね。頭が良さそうとは思ったけど」

「ただのダサい小太りの童貞と思ったら、まだまだ見る目はないです」

「私は理屈ばっかりで、頭でっかちの男は嫌い。強い男が好きなの。私を倒したら言いなりになってあげるわ」

冴子も、挑みかかるように言った。

「どこからでもかかってきて」

「ここじゃ無理です。どっちにしろ密室に入って試しましょうか」

康一は言い、駅裏方面へと向かうと、冴子も従った。

ここまで康一に興味を持ったら別れられないだろうし、何しろ格闘には絶対の自信を持っているのだろう。

ラブホテルが近づくと、康一は詰め襟の学生服を脱いで手に持ち、ワイシャツ姿で中に入った。

さすがに冴子は周囲を気にしながら、足早についてきた。

パネルを見て空室のボタンを押し、フロントでキイを受け取って一緒にエレベーターに乗った。

五階の部屋に入ってドアをロックし、彼はソファに学生服を置いた。冴子もバッグを置き、スーツの上着だけ脱いだ。

「さあ、入ったからといってOKしたわけじゃないわ。かかってきなさい」

「ええ、では失礼」

仁王立ちになった冴子が言い、彼も答えながら彼女のブラウスの胸にタッチした。

「く……！」

冴子は怒りにまかせ、素早い平手打ちを見舞ってきた。

その手首を摑んで捻り、康一は彼女の背後に回って腕を逆に決めた。

「アッ……！」

身動きできなくなり、冴子は利き腕をねじられて声を上げた。

「どうです」

「こ、こんな馬鹿な……」

「だから、見かけじゃ分からないんですってば」

康一は言い、腕を突き放してやった。

すると冴子が向き直り、いきなり金的《きんてき》に足を飛ばした。それも軽く躱《かわ》し、足首を摑んでベッドに押し倒した。

しかし、すぐに冴子は敏捷《びんしょう》に跳ね起きて組み付いてきた。

康一は回り込んで身を沈め、柔道の肩車で担ぎ上げ、再びベッドに投げ倒した。

「おのれ……！」

冴子は奥歯を嚙み締めて起き上がり、さらに正拳を飛ばしてきた。もう高校生相手に手加減もせず、最適の間合いから渾身の力で攻撃してきたのだ。

だが結果は同じ。

身を躱した康一が手首を摑んで腰をひねり、見事な払い腰。

今度はソファにドサリと投げつけられ、冴子は呆然として彼を見上げた。

安全な場所にばかり投げつけられたことで、彼の技量が格段に上だと分かったのだろう。

「し、信じられない。高校生に負けるなんて……」

冴子は声を震わせ、化け物で見るように身をすくめて防御の姿勢を取っていた。

「同情します。でも冴子さんが弱いんじゃなく、僕が特別なだけですから」

康一は言い、彼女が完全に戦意喪失したことを確信し、ワイシャツとズボンを脱ぎはじめた。

「さあ、冴子さんも脱いで。倒したら言いなりになる約束ですので」

言うと、ようやく冴子も息を切らしながらソファに座り込んで項垂《うなだ》れた。

「済んでから、何もかもお話ししますから」

さらに促すと、冴子も観念してブラウスのボタンを外しはじめてくれた。

もう隙を見て攻撃する気もないようで、康一も先に安心して全裸になり、ベッドに横たわったのだった。

## 2

「シャワーを浴びたいわ。それに歯も磨きたいの……」

冴子が、スカートとパンストを脱ぎ、黒いブラとショーツ姿になって言った。

「もちろんダメです。さっき言ったように、僕は自然のままが好きですので。それにあなたがた体育会系の論理で言えば、負けたものは勝ったものに従わなければなりません」

「…………」

「さあ、それも全部脱いでベッドに来て」

康一は仰向けのまま、屹立したペニスを震わせながら言った。

冴子も諦め、黙々とブラを外し、ショーツを脱ぎ去って一糸まとわぬ姿になった。

さすがに彼女は、見事に引き締まった肢体をしていた。

肩と二の腕の筋肉が発達し、乳房はそれほど豊かではないが張りがありそうで、腹筋も見事に段々になっている。太腿も逞《たくま》しい筋肉が浮かび、何しろバネを秘めた脚がスラリと長かった。

「ここに立って、顔を跨いで」

ベッドに上がってきた冴子に言うと、彼女は意外そうに康一を見下ろした。

「お、犯すんじゃないの？」

「そんな不粋《ぶすい》なことはしません。僕は受け身のフェチ系なので」

康一が答えると、冴子ももうためらわず、言われるまま彼の顔に跨がってスックと立った。

見上げると、実に素晴らしいプロポーションが圧倒的な迫力を持って彼の上に君臨していた。

「顔に足を乗せて」

言いながら足首を摑んで引き寄せると、冴子も逆らわず、壁に手を突いて身体を支えながら、そっと足裏を彼の顔に乗せてきた。

さすがに大きく逞しい足裏で、踵も硬かった。

康一は舌を這わせ、太く長い足指の間に鼻を割り込ませた。今日も朝から歩き回っていたのだろう。そこは汗と脂にジットリ湿り、男のようにムレムレの匂いが生ぬるく籠《こ》もっていた。

彼はクール美女の濃厚な足の匂いを嗅ぎ、爪先にもしゃぶり付いた。

爪の先を噛み、全ての指の間に舌を挿し入れて味わうと、冴子は懸命に喘ぎを堪えながら、ガクガクと膝を震わせていた。

見ると、脛には野趣溢れる体毛があった。手入れしていないのは、ここ一年ばかり男など相手にしている暇もない証拠だろう。

康一は充分にしゃぶってから足を交代してもらい、そちらも新鮮な味と匂いを心ゆくまで貪ってから口を離した。

「しゃがんで」

言うと、冴子も彼の顔の左右を踏みしめながら、ノロノロと腰を沈めて和式トイレスタイルになっていった。長い脚がM字になり、股間が一気に彼の鼻先までズームアップしてきた。

「ああ……」

冴子も、さすがに羞恥に小さく声を洩らした。まして相手は不倫した上司ではなく十代の高校生なのである。

康一は長身美女の割れ目に目を凝らした。

恥毛は薄く、割れ目からはみ出す陰唇もまだ潤っていない。そっと指を当てて左右に広げると、触れられた冴子が僅かに内腿を緊張させた。

中は綺麗なピンクの柔肉で、さすがに湿り気があった。

膣口が襞を震わせてキュッと引き締まり、小さな尿道口も見えた。どれも初々しいほどの色合いだが、クリトリスだけは今まで体験したどの女性よりも大きく、それこそ親指の先ほどもある、正にペニスであった。

亀頭の形をした突起はツヤツヤと綺麗な光沢を放ち、真下から見られているだけで膣口の潤いが増してきたようだ。

羞恥を覚えるということは、まだまだ格闘自慢の彼女の中にも、女の部分が多く残っているのだろう。

康一は腰を抱き寄せ、柔らかな茂みに鼻を擦りつけて嗅いだ。

隅々には甘ったるい汗の匂いが籠もり、ほのかな残尿臭と恥垢《ちこう》のチーズ臭も僅かに入り交じって鼻腔を刺激してきた。

胸いっぱいに野性味溢れる美女の体臭を嗅ぎ、舌を這わせていくと、汗とオシッコの味が僅かに感じられたが、柔肉を掻き回すと淡い酸味のヌメリが感じられ、たちまち舌の動きが滑らかになっていった。

膣口から大きなクリトリスまで舐め上げていくと、

「く……！」

冴子が息を詰めて呻き、座り込まないよう懸命に両足を踏ん張った。

何やら喘いだら負けのような気がするのか、意地になって歯を食いしばっているようだ。

しかし大きなクリトリスは快感も大きいのか、チロチロと舐め、フェラチオするようにチュッと吸い付くと、さらに愛液が溢れてきた。

さらに彼は引き締まった尻の真下に潜り込み、顔中にひんやりする双丘を受け止めながら、谷間の蕾を観察した。

これも年中力《りき》んでいるせいか、亜矢子のように僅かに突き出た形状が実に艶めかしかった。

鼻を埋め込むと、秘めやかな微香が胸に沁み込んできた。これも今日は取材で外回りをしていたはずだから、洗浄機のないトイレで大の用を足したのだろう。

康一は美女の匂いで鼻腔を刺激されながら、やがて舌を這わせて襞を濡らし、ヌルッと押し込んで粘膜を味わった。

「あう……！」

冴子は呻き、肛門でキュッときつく舌先を締め付けてきた。

康一は舌を蠢かせ、次第に大洪水になっていく割れ目に戻ってヌメリをすすり、またクリトリスに吸い付いていった。

「アアッ……！」

とうとう冴子が熱く喘ぎ、しゃがみ込んでいられず両膝を突いた。

彼は勃起したクリトリスに軽く歯を当て、小刻みに刺激すると、

「あうう……、もっと強く……」

冴子が声を上ずらせて口走った。すっかり快感に我を忘れ、我慢するのを止めたらしい。そして頑丈な身体を持ち、過酷な訓練に明け暮れていた彼女は、痛いぐらいの刺激の方が好みのようだった。

康一もコリコリと歯を立てては、溢れる愛液を舐め取った。

「も、もうダメ……」

絶頂を迫らせた冴子が降参するように言い、股間を引き離してきた。

康一も舌を引っ込め、彼女の顔を抱き寄せた。

「ここ舐めて……」

胸を指して言うと、冴子も熱く息を弾ませながら彼の乳首にチュッと強く吸い付いて舌を這わせてきた。そして自分がされたようにキュッと歯を立て、もう片方も愛撫してくれた。

「ああ、気持ちいい……」

康一はうっとりと喘ぎながら、美女の舌と歯の刺激に悶えた。

さらに冴子の顔を股間へ押しやり、大股開きになると彼女も真ん中に腹這い、顔を寄せてきた。

彼は自ら両脚を浮かせて抱え、冴子の鼻先に尻の谷間を突き出した。

「先にここから。僕はちゃんとウォシュレット使っているから」

「く……」

言うと、冴子は羞恥と屈辱に呻きながらも、康一の肛門を嫌々チロチロと舐め回してくれた。

「中にも入れて……、あう、いい……」

言うと冴子がヌルッと潜り込ませ、彼は肛門を締め付けながら呻いた。

味わってから脚を下ろすと、冴子は舌を引き抜き、自然に鼻先にある陰嚢を舐め回してきた。

股間に熱い息が籠もり、彼は美女の舌で睾丸を転がされながら勃起したペニスをヒクヒク震わせた。

もう冴子も、屈辱も何もなく、ペニスの裏側を舐め上げて尿道口の粘液を舌で拭い、そのままスッポリと喉の奥まで呑み込んでくれた。

「アア……」

康一は、根元まで美女の温かく濡れた口に含まれて喘いだ。

冴子は幹を丸く締め付けて強く吸い付き、内部ではクチュクチュと舌を蠢かせ、肉棒全体を唾液にどっぷりと浸らせた。

彼は充分に快感を味わって高まると、冴子の手を握って引っ張った。

「上から跨いで入れて……」

言うと冴子もスポンと口を引き離して身を起こし、そのまま前進して彼の股間に跨がってきた。そして幹に指を添えて先端に割れ目を押し付け、息を詰めてゆっくり腰を沈み込ませた。

たちまちペニスは、ヌルヌルッと滑らかに根元まで呑み込まれていった。

「ああッ……！」

冴子がビクッと顔を仰け反らせて喘ぎ、キュッときつく締め付けてきた。

康一も肉襞の摩擦と温もりに包まれ、股間に彼女の重みを感じながら抱き寄せていった。

彼女も素直に身を重ね、康一は大柄な美女に組み伏せられる快感を味わった。

3

「ね、オマ×コ気持ちいいって言って」

「ああ……、オ……、オマ×コ気持ちいい……」

康一が言うと、冴子も喘ぎながら口走った。同時にキュッと膣内が締まり、溢れる愛液が彼の陰嚢から肛門の方にまで伝い流れてきた。

彼は顔を上げ、潜り込むようにして冴子の乳首に吸い付いた。

汗ばんだ胸元や腋からは、甘ったるい汗の匂いが濃厚に漂い、ピンクの乳首もコリコリと硬くなっていた。

康一は舌で転がし、また軽く歯を立てて刺激してやった。

「く……！」

冴子は呻き、彼の顔中にギュッと膨らみを押し付けてきた。それほど豊かではないが、やはり張りと弾力に満ちていた。

彼は左右とも交互に乳首を味わい、さらに腋の下にも鼻を埋め込んでいった。

すると、ここも腋毛が煙り、濃い汗の匂いが沁み付いていた。

やがて康一は、冴子の体臭に噎《む》せ返りながら両手でしがみつき、ズンズンと股間を突き上げはじめた。

「アアッ……！」

冴子が喘ぎ、次第に彼の突き上げに合わせて腰を遣った。

互いの動きがリズミカルに一致し、クチュクチュと淫らに湿った摩擦音も聞こえてきた。

康一は高まりながら、下から彼女の顔を引き寄せ、唇を重ねた。

舌を挿し入れると、冴子も噛みつくようなこともなく吸い付き、ネットリとからみつけてきた。

康一は、薄化粧の匂いと彼女本来の花粉臭の息、それに悩ましく入り混じるガーリック臭に酔いしれながら突き上げを強めていった。

「もっと唾を出して」

囁くと、冴子も懸命に唾液を分泌させ、彼の口にクチュッと吐き出してくれた。

彼は生温かく小泡の多い粘液を味わい、うっとりと飲み込んで喉を潤した。

「ね、顔に思い切りペッて吐きかけて」

さらにせがむと、冴子は少しためらい、それでも形良い唇をすぼめて唾液を溜め、息を吸い込んでペッと勢いよく吐きかけてくれた。

「ああ……、気持ちいい……」

康一は、唾液の固まりで鼻筋を濡らされ、息と唾液の匂いにうっとりと喘いだ。

そして彼は冴子の唇の間に鼻を押し込み、悩ましい息の匂いを胸いっぱいに吸い込んだ。

「ああ、いい匂い。こんな綺麗な人が、こんな刺激的な匂いをさせているなんて」

「く……」

また羞恥を甦らせ、冴子が息を詰めて呻いた。しかし愛液の量は粗相したように増し、互いに股間をぶつけ合うように動き続けた。

「い、いく……！」

たちまち冴子の方が先に、降参するように声を洩らした。

やはり男日照《おとこひで》りだったただろうし、精神的に康一の方が優位なため、たちまち彼女の方が先に快感の波に押し流されたようだ。

同時に冴子の肌がガクンガクンと狂おしい痙攣を繰り返し、膣内の収縮も活発になった。

「き、気持ちいいッ……！」

彼女は口走りながら股間を擦りつけ、しゃくり上げるように動き続けた。

康一も、少し遅れてオルガスムスに達した。心地よい摩擦の中で股間を突き上げて絶頂の快感に貫かれ、熱い大量のザーメンをドクンドクンと勢いよくほとばしらせ、深い部分を直撃した。

「あ、熱いわ……、ああーッ……！」

噴出を感じた冴子が駄目押しの快感に声を上げ、ザーメンを飲み込むような締め付けを続けた。

康一は心ゆくまで快感を味わい、最後の一滴まで出し尽くしていった。

そして満足しながら徐々に動きを弱めてゆき、逞しい冴子の重みと温もりを受け止めながら身を投げ出していった。

「アア……」

冴子も精根尽き果てたように声を洩らすと、満足げに強ばりを解いて力を抜き、グッタリと体重を預けてきた。

康一は息づく膣内でヒクヒクと幹を過敏に震わせ、冴子の熱い吐息を嗅ぎながら、うっとりと快感の余韻を嚙み締めたのだった……。


——やがて二人は、バスルームに入った。冴子は力が入らず、康一が支えて連れて行くほどだった。

「ああ……、あんなに良かったの初めてよ……」

椅子に腰を下ろしてシャワーを浴び、ようやく落ち着いたように冴子が吐息混じりに言った。

「まさか、高校生にいかされるなんて……」

「僕も良かったです。アマゾネスみたいな美女は、初めてのタイプだったので」

「いったい何人の女を知っているの……」

冴子が呆れたように言い、また思い出したように、湯に濡れた肌をビクッと震わせた。

「もういいでしょう。歯を磨かせて」

冴子が言って立ち上がり、脱衣所に用意されていた歯ブラシを手にして再びバスルームに入ってきた。

「歯磨き粉を付けずに磨いて」

康一が言うと、冴子も仕方なく小さなチューブを置き、何も付けずに歯を磨いた。

その間、康一は湯を弾いて上気する美女の肌を見ながら、すぐにもムクムクと回復していった。

やがて磨き終わり、冴子がシャワーの湯で口をすすごうとしたので、康一は素早く唇を重ね、彼女の口に溜まった歯垢混じりの唾液をすすった。

「ウ……」

冴子は眉をひそめて呻いたが、途中から諦めて全て彼の口に吐き出してくれた。

康一はペニスを震わせながら、うっとりと生温かな粘液を飲み込んだ。

「変態……」

「わあ、もっと言って」

冴子が呟くように言って口をすすぐと、康一も興奮を高めた。

「ね、変態ついでにオシッコをかけて」

彼は座ったまま、目の前に冴子を立たせて言った。

「自分の指で割れ目を広げて、僕の顔に股を突き出して」

言うと、冴子もフラフラと従い、自ら陰唇を指で開くと、彼の顔に向けて股間を突き出してくれた。

ためらいがないのは、そろそろ尿意を催してきたのと、もう康一には逆らえないと思ったからかも知れない。

彼が待機しながら割れ目内部に舌を這わせていると、新たな愛液の味わいとともに柔肉が迫り出すように盛り上がってきた。

そして味わいと温もりが変化したかと思うと、

「あう……、出ちゃうわ……」

冴子が息を詰めて言うなり、チョロチョロと温かな流れがほとばしってきた。

それを口に受け、淡い味わいと匂いを堪能しながら喉に流し込んでいった。

「アア……、馬鹿ね……」

冴子は喘ぎながら放尿を続け、ガクガクと両膝を震わせた。

勢いが増すと、急激に流れが衰え、やがて放尿が治まってしまった。

康一は腰を抱えて割れ目を舐め回し、残り香に酔いしれながら余りの雫をすすったが、たちまち新たな淡い酸味のヌメリが溢れてきた。

「も、もう止めて。立っていられないわ……」

やがて冴子が股間を引き離して言い、もう一度互いに全身を洗い流してから、バスルームを出て身体を拭いた。

康一はもう一回するため、冴子は少し休みたいために、二人は全裸のままベッドに戻った。

「ね、また勃《た》っちゃった……」

「もう入れないで。歩けなくなりそうだから……」

康一が勃起したペニスを突き出し、甘えるように言うと、冴子は添い寝しながら困ったように答えた。

「じゃ、指でして」

康一は腕枕してもらい、彼女にペニスを握らせた。

冴子も手のひらに包み込み、ニギニギと愛撫しはじめてくれた。

彼は冴子の口に鼻を押し込み、湿り気ある息を嗅いだ。

「ああ、刺激が薄れちゃった。でもいい匂い。もっと強く吐きかけて……」

言うと、冴子は羞恥に頰を強ばらせながらも、我慢して大きく息を吸い込み、熱い息を吐きかけてくれた。

「いきそう……、飲んで……」

美女の息の匂いと指の刺激で急激に高まり、康一が言うと冴子もすぐに移動し、亀頭にしゃぶり付いてきた。

深々と呑み込んでもらい、ズンズンと股間を突き上げると、冴子も顔を上下させてスポスポと強烈な摩擦を開始してくれた。

たちまち康一は昇り詰め、快感とともに勢いよく射精した。

「い、いく……！」

「ンン……」

彼が口走ると同時にザーメンで喉の奥を直撃され、冴子は小さく呻きながら吸い出し、全て飲み干してくれたのだった。

4

「へえ、いいなあ。ガキのくせにこんな別嬪《べっぴん》と」

「俺にもさせてくれねえかなあ」

康一と冴子がラブホテルを出ると、二人の男が近づいてきて言った。

康一は、外に出て学生服を羽織ったところだ。

「近寄らないで。私たちの勝手でしょう」

冴子が、近づいた男に言った。もう一人は、康一の前に立ちふさがった。

元より昼間のラブホテル街は人通りもなく、いるのはこんなチンピラぐらいのものだった。

「どけ。畜生以下の虫ケラ」

「なにい？」

康一が睨んで言うと、男は目を丸くして顔を寄せてきた。

「可哀想に。馬鹿な親から生まれたんだな。親を殺してお前も死ね。これは命令だ」

「てめえ、死にてえのか！」

言われた男が殴りかかってきたので、康一はその腕を逆に取って捻り、肘と肩の関節を砕いた。

「ぐええ……！」

男は奇声を発し、肩を押さえて転げ回った。

すると冴子も、近づいた男の股間をパンプスの爪先で容赦なく蹴り上げていた。

「むぐ……！」

蹴られた男も白目を剝いて呻き、両膝を突いてうずくまった。

すると、そのとき物陰から奈月が姿を現し、倒れた二人の足首を摑み、ズルズルと素早く引きずっていったのだ。

「ヒッ……、み、見て……！」

冴子が驚き、慌てて奈月を追ってビルとビルの間に入った。

しかし、すでに巫女姿の奈月も、二人のチンピラも姿を消していた。

「な、何なの、今のは……、本当に現れたわ……」

冴子は興奮に声を上ずらせて戻り、呆然と康一を見つめた。

「とにかく約束だから、どこかの喫茶店で話しましょうか」

康一は言って促すと、冴子も気を取り直して従った。

そして裏通りから表へと出ると、二人は広い喫茶店に入った。

窓際の席に向かい合わせに座り、コーヒーを頼んだ。空いているので、周囲に人はなく聞かれる心配もない。

「あの巫女は、妖怪とか悪霊の類《たぐ》いなの？」

やがてコーヒーが二つ運ばれ、ウエイトレスが離れていくと、待ちきれなかったように冴子が訊いてきた。

「そんなものいません。あれは恐らく、テレポーテーション能力を持ったエーリアンでしょうね」

康一は、ブラックで一口すすってから答えた。

「宇宙人……？」

「ええ、遠い星から来た何者かが、地球人の牡を欲しがっている。でも無闇に誘拐すると大騒ぎになるので、親も社会も見放したようなゴミばかりを選んで連れ去っているんでしょう」

「それって、君の推理？　それとも事実なの？　それより君、もしかして康一君もエーリアン？」

冴子が、コーヒーも飲まず正面から彼を見つめて言った。

「確かに、僕の人間離れした力を見れば、そう思うのも無理はないでしょうね。でも僕は普通の人間です」

「普通とは思えないわ……」

「ただ無限の可能性を持った人間です。僕が、幼い頃から何かを一途《いちず》に突き詰めていけば、十八歳でそれなりのものになったでしょう。それが柔道か剣道か空手か勉強か、いろんな可能性があったはずです。その能力の全てが僕に与えられた」

「宇宙人から？」

「そうです。能力をもらった代わりに、僕は不良を一掃して協力」

「それは、地球人を売ったたってこと？」

「生まれてこなくていいクズだけです」

「でも……、いや、私もその能力を持ったら、同じことをするかも知れない……」

冴子は言い、ようやくコーヒーをブラックで飲んだ。

「どこへ行けば、あの宇宙人の巫女に会えるの。来ているということは、乗物が隠せる場所？」

「内緒です。ホテル代払ってもらったから、ここは僕が」

康一は言って立ち上がり、伝票を手にした。

「待って、また会えるわね？」

「ええ、もちろん。では」

彼は言ってレジで支払いをした。冴子も、まだ話したそうだったが追わず、もうしばらくここで頭を整理するようだ。

喫茶店を出た康一は、また淫気を催して、女教師の水原さとみのハイツを訪ねてしまった。

ノックするとドアが開いて彼女が出て来た。

やはり今日は始業式だけだったので、もう帰宅していたようだ。

「まあ、安堂君……」

さとみは目を丸くして言い、彼を恐れるように後ずさった。

康一は勝手に入ってドアを閉め、内側からカチリとロックして上がり込んだ。

さとみも帰宅したばかりらしく、まだ上着を脱いだぐらいのところのようだ。

「な、何もなかったことにする約束だったはずよ……」

「でも僕、冬休み中ずっと先生のことばかり考えていたんです。きっと先生も同じでしょう」

声を震わせるさとみに答え、康一は彼女をベッドまで追い詰めていった。

そしてさとみは、彼の淫気に圧倒されるように、どさりとベッドに座り込んだ。

康一も並んで座り、横からピッタリ寄り添いながら肩に手を回してもらった。

「ああ、懐かしい先生の匂い……」

彼はブラウスの腋に鼻を埋めて言い、生ぬるく甘ったるい汗の匂いにうっとりと酔いしれた。

そのまま康一は仰向けになって彼女の顔を引き寄せ、唇を重ねさせた。

柔らかな感触が密着し、甘酸っぱい息の匂いが鼻腔を刺激した。

顔に彼女のメガネのフレームがひんやりと触れ、二人の息にレンズが曇った。

きっちり閉じられた唇の間に、強引に舌を挿し入れて滑らかな歯並びを舐めながらブラウスの膨らみに手を這わせた。

「アア……」

さとみが熱く喘いで歯を開き、舌の侵入を許してくれた。

口の中は、さらに濃厚な果実臭が馥郁と籠もり、康一は滑らかな舌を舐め回して、生温かな唾液のヌメリを味わった。

「ンン……」

次第に押し切られてしまったように、さとみも熱く呻いてチロチロと舌をからめてくれた。もう彼女もスイッチが入ってくれたらしく、これでためらいも消え失せただろう。

さとみが下向きだから、彼女の舌を伝ってトロトロと生温かな唾液が彼の口に注がれてきた。

康一は清らかな唾液で喉を潤し、甘酸っぱい吐息に酔いしれながら痛いほど激しく勃起していった。そして執拗に唇を貪り、彼女のブラウスのボタンも巧みに外し、左右に開いた。

ようやく、さとみが苦しげに唇を離すと、なおも彼は執拗に美人教師の口に鼻を押しつけて果実臭の息を嗅ぎ、とうとう彼女のブラもずらしてコリコリする乳首を直にいじった。

「ああ……、ダメよ……」

さとみは朦朧となりながら喘ぎ、惜しみなくかぐわしい息を吐きかけてくれた。

「いい匂い。でも前のような刺激が少なくて物足りない」

言うと、さとみは羞恥に顔を引き離してきた。

ようやく康一も身を起こして上になり、さらにブラをずらして乳首に吸い付いていった。

「アア……」

さとみはクネクネと身悶え、甘ったるい汗の匂いを揺らめかせて声を洩らした。

康一は左右の乳首を交互に味わい、充分に舌で転がしてから、さらに彼女のスカートをめくり、パンストごと下着を引き脱がせた。

もう彼女も抵抗せず、されるまま身を投げ出していた。

彼は完全にさとみの下半身を露わにさせ、まずは足裏に舌を這わせ、蒸れた指の股に鼻を割り込ませて嗅いだ。

今日も、彼女の足指は汗と脂に湿ってムレムレの芳香が沁み付いていた。

両足ともしゃぶってから脚の内側を舐め上げ、両膝を割って顔を進めた。そして白くムッチリした内腿を舐め上げ、熱気と湿り気の籠もる股間に迫った。

黒々とした茂みが彼の息にそよぎ、割れ目からはみ出す陰唇は、すでにネットリと熱い蜜に潤っていたのだった。

5

「先生のここ、すごく濡れているよ」

「アアッ……、言わないで……」

康一が完全にスカートをめくり上げ、顔を寄せて股間から言うと、さとみが声を上ずらせて羞恥に腰をくねらせた。

「ね、安堂君、オマ×コお舐め、って命じて」

「そ、そんなこと言えないわ……」

言うとさとみが身悶えて答え、悩ましい匂いを含んだ温もりが彼の顔に吹き付けてきた。

彼は指を這わせ、クリトリスをいじり、さらに潤ってきた割れ目内部を掻き回すように探ると、クチュクチュと湿った音がした。

「ほら、こんなに濡れて音がするよ。指より舐められた方が気持ちいいでしょう」

「ああ……、お願い、やめて……」

「さあ、言って。オマ×コの方は舐めて欲しがっているよ」

康一が股間から言いながら、執拗にクリトリスを指で刺激すると、

「あ、安堂君、お願い、オマ×コお舐め……、アアッ！」

朦朧となりながらとうとう口走ると、さとみは自分の言葉に感じて、さらに大量の愛液を漏らしてきた。

康一も、もうそれ以上焦《じ》らすことはなく顔を埋め込み、トロリとした淡い酸味の潤いをすすった。そして柔らかな茂みに鼻を擦りつけて嗅ぎ、膣口からクリトリスまで舐め上げた。

「いい匂い、さとみ先生の汗とオシッコの匂い」

「あう……、ダメ……！」

何度も嗅ぎながら言ってクリトリスを吸うと、さとみが内腿できつく彼の顔を挟み付け、クネクネと腰をよじって呻いた。

早くもオルガスムスが急激に迫っているのだろう。

康一は味と匂いを堪能してから彼女の脚を浮かせ、白く丸い尻の谷間にも鼻を埋め込み、ピンクの蕾に籠もった微香を貪った。汗に混じった秘めやかな匂いが鼻腔を刺激し、ペニスが歓喜に震えた。

舌を這わせて襞を濡らし、ヌルッと潜り込ませて粘膜を探ると、

「く……！」

さとみが呻き、肛門でキュッときつく舌先を締め付けてきた。

康一は舌を出し入れさせるように動かし、内壁を揉みほぐしてから引き抜き、すかさず左手の人差し指を肛門に潜り込ませた。

「あん……」

さとみが驚いたように声を上げたが、さらに彼は二本の指を膣口に押し込んでクリトリスを舐め、最も敏感な三カ所を愛撫した。

それぞれの穴の中で指を小刻みに動かすと、

「アア……、ダメ、変になりそう……！」

さとみが声を上ずらせ、粗相したように大量の愛液を漏らして股間からシーツまでビショビショにさせた。

康一はクリトリスを刺激し、肛門に入った指を出し入れさせ、膣内の指で天井のGスポットを圧迫した。

「ああーッ……！」

さとみが喘ぎ、とうとう身を弓なりに反らせてガクガクと腰を跳ね上げた。

どうやらオルガスムスに達してしまったらしく、やがて硬直を解いてグッタリとなり、暫し無反応になった。

康一も舌を引っ込め、前後の穴からヌルッと指を引き抜いた。そしてティッシュで指を拭いてベッドを降り、自分も手早く全裸になり、彼女の乱れた服も完全に脱がせてしまった。

しかし、メガネだけはそのままにした。

「ね、ここ舐めて」

康一は彼女の顔に跨がり、言いながら尻の谷間を口に押し付けた。

「ク……」

さとみは呻き、真下から股間に熱い息を吐きかけて呻いた。

それでも、彼は自ら谷間を開いて肛門を密着させると、彼女もチロチロと舌を這わせはじめてくれた。

康一は、冴子としたあとシャワーを浴びているからどこも綺麗にしてある。

「中にも入れて、ああ、気持ちいい……」

言うと、さとみもヌルリと潜り込ませてくれ、康一は肛門を締め付けて喘いだ。

彼は充分に美人教師の清らかな舌を肛門で味わってから、股間をずらして陰嚢を押し付けた。

さとみも、すぐに陰嚢を舐め回し、二つの睾丸を優しく吸ってくれた。オルガスムスの余韻で抵抗感も薄れ、何でも言いなりになっていた。

袋全体が生温かな唾液にまみれると、彼は幹に指を添えて下向きにさせ、さとみの口に亀頭を潜り込ませた。

「ンン……」

彼女も深々と呑み込んで呻き、熱い息で恥毛をくすぐってきた。

康一はセックスするように、さとみの口にペニスを出し入れさせて濡れた唇の摩擦を味わった。

彼女も口の中でチロチロと舌をからめはじめてくれ、たちまちペニスは美人教師の唾液にまみれて高まった。頃合いを見て引き抜くと、康一はさとみをまずうつ伏せにさせ、尻を持ち上げて四つん這いにさせた。

さとみも素直に顔を埋め、形良い尻を突き出してくれた。

膝を突いて股間を進め、バックから膣口にあてがい、彼女の唾液に濡れた先端を潜り込ませていった。

「ああッ……！」

ヌルヌルッと一気に根元まで挿入すると、さとみが喘ぎ、白い背中を反らせてキュッときつく締め付けてきた。

康一の下腹部に、豊かな尻の丸みが密着して心地よく弾んだ。

彼はさとみの背に覆いかぶさり、セミロングの黒髪に顔を埋めて甘い匂いを嗅ぎ、両脇から回した手で柔らかな乳房を揉み、ズンズンと腰を突き動かした。

「アアッ……！」

さとみが顔を伏せたまま呻き、尻をくねらせて悶えた。

康一は高まったが、もちろん絶頂の時には彼女の美しい顔を見たいので、今は我慢した。

やがて身を起こし、いったんペニスをヌルッと引き抜くと、さとみを横向きにさせた。下の脚に跨がり、上の脚に両手でしがみつきながら、松葉くずしで再び挿入していった。

「あう……！」

さとみが眉をひそめて呻き、互いの股間が交差して密着した。性器のみならず内腿も触れ合い、吸い付くような感触が得られた。

康一は腰を突き動かして、正常位やバックとは違う膣内の摩擦を味わい、充分に感触を味わってから引き抜いた。

そして彼女を仰向けにさせ、最後に正常位で挿入し、身を重ねていった。

「手を回して」

のしかかり、胸でオッパイを押しつぶしながら言うと、さとみも下から両手を回してしがみついてくれた。

康一はズンズンと腰を突き動かし、大量の愛液による滑らかな摩擦を味わい、温もりと感触に高まっていった。そして上から唇を重ね、甘酸っぱい息を嗅ぎながら舌をからめ、生温かな唾液をすすった。

「アア……、い、いきそう……」

さとみが口を離し、淫らに唾液の糸を引きながら喘いだ。やはり舌や指でいくのと、性器で繋《つな》がり一つになるのは別物のようだ。

「ね、先生、好きって言って」

康一が腰の動きを速めながら囁くと、

「す、好きよ、安堂君……」

さとみが熱っぽい眼差しでレンズ越しに見上げ、息を震わせて言った。

康一もすっかり高まり、そのまま股間をぶつけるように動きながら、とうとう昇り詰めてしまった。

「いく……」

突き上がる快感に口走り、ありったけの熱いザーメンをドクンドクンと勢いよく注入すると、

「き、気持ちいいッ……、アアーッ……！」

さとみも噴出を受けた途端喘ぎ、ガクガクとオルガスムスの痙攣を開始した。

彼は膣内の収縮に身を委《ゆだ》ね、心ゆくまで快感を嚙み締め、最後の一滴まで絞り尽くしていった。

満足しながら動きを弱めてゆき、彼はさとみに体重を預けた。

「ああ……」

さとみも声を洩らして肌の強ばりを解くと、精根尽き果てたようにグッタリと身を投げ出していった。

彼はキュッキュッと締まる膣内に刺激され、射精直後のペニスをヒクヒクと内部で跳ね上げた。さらに唇を重ねて執拗に舌をからめ、康一は完全に動きを止めて呼吸を整えた。

そして美人教師の喘ぐ口に鼻を押し込み、甘酸っぱい吐息と唾液の匂いで鼻腔を満たしながら、うっとりと快感の余韻に浸り込んでいったのだった。

# 第六章　少女から熟女まで堪能

## 1

「センター試験も済んだのね」

「ええ、あとは卒業試験を受けたら、自由登校中の二月に入試本番です」

放課後に保健室へ行くと白衣の亜矢子が言い、康一はベッドの端に腰を下ろして答えた。

もう一月半ば過ぎ、彼は二日間にわたるセンター試験を終えたところだった。もちろん全科目百点では怪しまれるので、全て九十五点程度の正解にしておいた。

毎日授業もあるが、卒業試験は成績に関係のない形ばかりのものだから、もう自習が多くなり欠席者も多い。

不良たちはいなくなったし、一、二年生たちもテストに備えてクラブ活動は禁止期間に入ったから、怪我をして誰かが保健室に担ぎ込まれてくるような心配はない。

「ね、亜矢子先生もこっち来て」

「が、学校で……？」

彼女の手を引いてベッドに誘うと、亜矢子は尻込みしながらも隣に座ってきた。

「オッパイ飲みたい」

激しく勃起させながら言い、白衣のボタンを外すと、亜矢子も急激に淫気を催したように自分から胸を開いてくれた。

どうやら一度でも康一と肌を重ねたものは、洗脳されてしまったように、すぐにもその気になってしまうものらしい。

ブラのフロントホックを外し、中の乳漏れパットを外すと、生ぬるく甘ったるい匂いとともに白く豊かな乳房が露わになった。濃く色づいた乳首の先には、ポツンと母乳の雫が浮かび、彼は顔を埋めて吸い付いていった。

「ああ……」

子持ちの人妻が熱く喘ぎ、自ら張った膨らみを揉みしだき、母乳の分泌を促してくれた。

康一も夢中で吸い、舌を濡らす薄甘い母乳を味わって喉を潤した。

「美味しい。それにいい匂い……」

康一は甘ったるい匂いに噎せ返り、うっとりと言った。

「いいわ、いっぱい飲んで……」

亜矢子も熱く息を弾ませながら胸を突き出し、彼はもう片方の乳首も含み、舌で転がしながら母乳を吸った。

充分に飲んで味わうと、さらに彼は乱れた白衣の中に潜り込み、色っぽい腋毛に鼻を擦りつけて濃厚な汗の匂いを嗅いだ。

もう堪らずズボンと下着を脱ぎ、下半身だけ裸になってベッドに仰向けになった。もし誰かが入ってきても、腹に布団を掛けてしまえば、亜矢子に看護されているふうを装えるだろう。

それに保健室は、まず入ると亜矢子の机や診察台、薬品棚などがあり、このベッドルームはカーテンで仕切られた奥の部屋にあるから、いきなり見られることもないのだった。

だから亜矢子もいったん白衣の胸を閉じてボタンを嵌《は》めて身繕い、康一は彼女のソックスを脱がせて素足の裏を舐めた。

「あん……、そんなことしなくていいのに……」

亜矢子はビクリと足を震わせて喘ぎ、彼は指の股の蒸れた匂いを嗅ぎ、爪先をしゃぶった。

康一は両足とも指の間を味わい、やがて彼女に顔に跨がってもらった。

「舐めさせて」

「いいの？　こんな格好、恥ずかしいけど……」

真下から康一が言うと、彼女は激しい淫気に突き動かされながら彼の顔に跨がり、トイレに入るように裾をめくって下着を膝まで下ろすと、ゆっくりしゃがみ込んでくれた。

量感ある内腿と脹ら脛が、M字になってさらにムッチリと張り詰め、すでに濡れはじめている割れ目が彼の鼻先に迫ってきた。

僅かに陰唇が開いて息づく膣口と、光沢あるクリトリスが覗いた。

康一は豊満な腰を抱き寄せ、茂みの丘に鼻を埋め込んだ。

隅々には甘ったるい汗の匂いが濃厚に籠もり、ほのかな残尿臭も悩ましく鼻腔を刺激してきた。

彼は胸いっぱいに美熟女の体臭を吸い込み、舌を這わせていった。

陰唇の内側に舌を挿し入れると、ヌルッとした淡い酸味の潤いが迎えた。

膣口の襞を掻き回し、ツンと突き立ったクリトリスまで舐め上げると、

「アアッ……、いい気持ち……」

亜矢子がうっとりと喘ぎ、ギュッと股間を彼の顔中に押しつけてきた。

康一は心地よい窒息感の中で亜矢子の匂いに噎せ返り、充分にクリトリスを吸って愛液を舐め取った。

さらに豊かな尻の真下に潜り込み、顔中に双丘を受け止めながら、レモンの先のように突き出た蕾に鼻を埋め、生々しい微香を嗅いだ。

その刺激が胸からペニスに伝わり、ヒクヒクと震えた。

充分に肛門を舐めてヌルッと舌を潜り込ませ、粘膜を味わうと、

「ああ……、もうダメ……」

亜矢子がトロトロと愛液を漏らしながら喘ぎ、クネクネと腰をよじった。

そして高まると彼女は自分から腰を浮かせて移動し、康一のペニスに屈み込んでしゃぶり付いた。

張りつめた亀頭を舐め、尿道口から滲む粘液を拭い取り、そのままスッポリと喉の奥まで呑み込んできた。

「ああ……」

康一は快感に喘ぎ、彼女の口の中で唾液にまみれた幹をヒクヒク震わせた。

亜矢子はモグモグと口で幹を締め付けて吸い、内部ではクチュクチュと舌をからめ充分に唾液にまみれさせた。

「入れて、先生……」

絶頂を迫らせて言うと、亜矢子もスポンと口を引き離して身を起こし、ためらいなく彼の股間に跨がってきた。

先端を膣口に受け入れ、感触を味わいながらゆっくり腰を沈めると、ペニスはヌルヌルッと心地よい肉襞の摩擦を受けながら、滑らかに温かな肉壺に根元まで呑み込まれていった。

「アア……、いい気持ちよ、すごく……」

亜矢子はうっとりと喘いで言い、密着した股間をグリグリ擦りつけながら身を重ねてきた。

康一も両手を回して抱き留めながら僅かに両膝を立て、美女の温もりと感触を噛み締めた。白衣姿が艶めかしく、互いに着衣のまま、肝心な部分だけ繋がっているというのが興奮をそそった。

やがて康一は、ズンズンと股間を突き上げながら唇を求めた。

「ンン……」

亜矢子も上からピッタリと唇を重ね、熱く鼻を鳴らして舌を挿し入れてきた。

康一も滑らかに蠢く舌にネットリとからみつけ、生温かな唾液を味わった。熱く湿り気ある息も甘い刺激を含み、また亜矢子は彼が好むのを知っているから、トロトロと大量の唾液を垂らしてくれた。

康一は小泡の多い粘液を味わい、うっとりと喉を潤した。

さらに彼女の口に鼻を押し込み、濃厚な息の匂いで鼻腔を満たしながら、次第に激しく股間を突き上げはじめた。

「ああッ……！　気持ちいいわ……」

亜矢子も喘ぎ、腰を遣って合わせ、溢れる愛液で動きを滑らかにさせた。

「舐めて……」

言うと彼女も舌を這わせ、康一の鼻の穴をヌラヌラと舐め、フェラするようにしゃぶり付いてくれた。彼は吐息と唾液の匂いに酔いしれ、ヌメリにまみれながら急激に絶頂を迫らせていった。

「い、いきそう……」

「いいわ、私も……、アアーッ……！」

康一が許可を求めた途端、先に亜矢子が声を上ずらせ、ガクガクとオルガスムスの痙攣を開始してしまった。

膣内の収縮が高まり、ひとたまりもなく康一も続いて昇り詰め、熱い大量のザーメンを勢いよく内部にほとばしらせた。

「ああ、出ているのね。もっと出して……！」

亜矢子が噴出を受け止めて口走り、さらに膣内をキュッときつく締め付けてきた。

康一は快感に身悶え、心置きなく中に出し尽くした。

徐々に突き上げを弱めていくと、

「ああ……、良かった……」

亜矢子も力を抜いて満足げに言い、グッタリと彼にもたれかかってきた。

ヒクヒクと収縮する膣内に刺激され、ペニスも応えるように中で跳ね上がった。

そして彼は、白衣美女の息を嗅ぎながら余韻を味わい、うっとりと身を投げ出したのだった。

暫《しば》し重なったまま、互いに荒い呼吸を繰り返していたが、さすがに校内なので亜矢子はすぐに身を起こし、ティッシュで割れ目を拭って、手早く下着を着けて身繕いをした。

髪の乱れも整えると、彼女は濡れたペニスも優しく拭き清めてくれた。

「有難う。じゃ僕帰りますね」

ようやく康一も身を起こし、下着とズボンを穿いた。

「顔を洗いなさい。私の唾でヌルヌルよ」

「いいです、亜矢子先生の匂いを感じながら帰るので」

「バカね。ガビガビになっちゃうわよ」

亜矢子が言ったが、構わず康一は一礼して保健室を出て行ったのだった。

## 2

「わあ。可愛い。すごく似合うよ」

康一は、ジャージを脱いだ真希の姿を見て歓声を上げた。彼女は、上着の下に高校時代の白い体操着と濃紺の短パンを穿いてきてくれたのだ。

彼の部屋である。

今朝、真希から用事があって今実家に帰ってきていると、康一の元にメールがあった。

会いたいと、すぐにメールを返したら康一の部屋に来るというので、彼は高校時代の体操服を着て、なるべく運動をして汗をかくよう頼んだのだ。

真希は約束を守り、ジャージ姿でここまで走ってきてくれたのである。

「可愛いって言わないでって言ったでしょう。お姉さんなのだから」

「うん、ごめんね。でも本当に女子高生みたいだから」

康一は、まだ息を弾ませて汗ばんでいる一級上の女子大生の手を引いてベッドに誘った。そして彼は先に手早く脱いで全裸になり、ベッドに横たわった。

「ね、匂い嗅がせて……」

康一は言って、真希を添い寝させて腕枕してもらった。

半袖の腕も汗ばみ、これも約束通りノーブラで来てもらったため、胸にはポッチリと乳首が浮かび上がっていた。

腋の下に鼻を埋めると、そこは僅かに湿り、甘ったるいミルクのような汗の匂いが沁み付いていた。

「いい匂い……」

康一は激しく勃起しながらうっとりと言い、さらに彼女の唇に迫った。

ぷっくりしたサクランボのような唇が僅かに開いて白い歯が覗き、熱く湿り気ある息が弾んでいた。

鼻を押しつけて嗅ぐと、渇いた唾液の匂いと、甘酸っぱい口の匂いが感じられた。

「ああ、真希姉ちゃんのお口の匂い、大好き……」

康一は、またうっとりと言って鼻腔を満たし、リンゴとイチゴを混ぜたような果実臭に酔いしれた。

「本当？　言われたから、お昼のあとも歯磨きしていないのよ……」

真希が羞《は》じらいながらも、まだ呼吸が治まらず、惜しみなく彼の鼻に口を当てて息を弾ませてくれた。

「もっとアーンして」

言うと真希が口を開いてくれて、さらに鼻を押し込んで美少女の息を嗅いだ。

「もうダメよ、恥ずかしいわ……」

「でも、ほら、こんなに勃《た》っちゃった」

屹立したペニスをヒクヒクさせて言うと、真希もやんわりと握ってくれた。

「いけない子ね。こんなに大きくさせて」

真希が囁き、ニギニギと動かした。

「耳にも息をかけて」

快感にうっとりしながら言うと、真希は彼の耳に口を付けてハーッと息を吐きかけてくれた。

「舐めて……」

さらにせがむと、真希は耳の穴をチロチロと舐め、その湿ったリップ音が頭の中にまで響いてきた。

「ああ……」

康一は美少女の舌にうっとりしながら喘ぎ、体操着の中に手を差し入れてオッパイを探った。肌は生ぬるく汗ばみ、柔らかな膨らみとコリコリする乳首を探ると、

「あん……」

真希がビクリと反応して喘いだ。さらに彼はたくし上げ、ピンクの乳首にチュッと吸い付いて舌で転がした。

「アア……、くすぐったくて、いい気持ち……」

彼女も本格的に喘ぎ、仰向けの受け身体勢になっていった。

康一も完全にめくり、左右の乳首を交互に含んで舐め回し、さらに乱れた体操着の中に顔を潜り込ませ、じっとり汗ばんだ腋の下にも鼻を埋めて嗅いだ。

真希はくすぐったそうにクネクネと身悶え、さらに甘ったるい匂いを濃く揺らめかせた。

そして康一は、淡い汗の味のする滑らかな肌を舐め下りていった。

愛らしい縦長の臍《へそ》を舐め、短パンを通り越してムッチリした太腿から脚を舐め降りて、爪先に鼻を割り込ませていった。

そこも汗と脂に湿ってムレムレの匂いが濃く籠もり、彼は両足とも存分に匂いを貪ってから、全ての指をしゃぶった。

「ああん……、変態ね……」

真希が足を震わせて喘ぎ、康一も味わい尽くすと健康的な脚の内側を舐め上げ、やがて紺の短パンを下着ごと引き脱がせていった。

彼女も素直に腰を浮かせ、残るは乱れた体操着だけだが、全裸より艶めかしい眺めだった。

「ね、こうして」

いったん身を起こした康一が言い、彼女の両足を引き寄せ、左右の足裏で勃起したペニスを挟んでもらった。

「動かして」

「こう……？」

言うと真希も素直に両の足裏で幹を挟み付け、クリクリと錐揉《きりも》みにしてくれた。

しかも両足の裏を合わせるため、脚が菱形《ひしがた》に開いて割れ目が丸見えになった。

「ああ、気持ちいい……」

康一は、美少女の足に刺激され、最大限に勃起していった。

「いたたた、ちょっと強すぎる……」

「ごめんね」

足だと力加減が分からず、やがて真希が言って足を離した。康一も腹這いになって真希の股間に顔を寄せていき、いつものことながら女性の股間に顔を潜り込ませる幸福感を味わった。

大股開きにさせると、真希が羞じらいで僅かに腰をよじった。

割れ目からはみ出す花びらは、すっかり興奮で濃いピンクに色づき、指で広げると微かにクチュッと湿った音がした。

中はヌメヌメと蜜が溢れ、襞の入り組む膣口が息づき、真珠色のクリトリスも愛撫を待ってツンと突き立っていた。

顔を埋め込み、柔らかな若草に鼻を擦りつけて嗅ぐと、甘ったるい汗の匂いが生ぬるく籠もり、ほのかな残尿臭とチーズに似た匂いも悩ましく入り交じって鼻腔を刺激してきた。

彼は何度も深呼吸して胸を満たし、舌を這わせていった。

トロリとした淡い酸味の蜜を舐め取り、コリッとしたクリトリスを探ると、

「アアッ……！」

真希が熱く喘ぎ、内腿でムッチリと彼の両頬を挟み付けてきた。

チロチロと舌先で弾くように舐め、上の歯で完全に包皮を剥き、露出した突起にチュッと吸い付くと、

「あう、ダメ、すぐいきそう……！」

真希が呻いて、ヒクヒクと白く滑らかな下腹を波打たせた。

康一は彼女の脚を浮かせ、オシメでも当てる格好にさせて尻の谷間に迫った。

可憐な薄桃色の蕾に鼻を埋め込んで嗅ぐと、汗の匂いに混じって秘めやかな微香が沁み付き、悩ましく鼻腔を満たしてきた。

充分に嗅いでから舌を這わせ、襞を濡らしてヌルッと押し込み、滑らかな粘膜を味わった。

「く……、ダメよ、変な感じ……」

真希がキュッキュッと肛門で舌先を締め付け、むずかるように腰をよじった。

康一は舌を出し入れさせて味わい、再び割れ目に戻って大洪水になっている愛液をすすってチロリとクリトリスを舐めた。

「あん！」

真希は感じすぎ、声を上げながらとうとう彼の顔を股間から追い出し、ゴロリと横向きになって体を丸めてしまった。

康一も彼女に添い寝し、再び腕枕してもらって甘酸っぱい息を嗅ぎ、彼女が平静に戻るのを待った。

真希も絶頂寸前で踏みとどまっていたので、すぐにもお返しとばかりに身を起こし乱れた体操着も脱ぎ去って彼の股間に移動していった。

仰向けになって大股開きになると、真希が真ん中に腹這ってきた。

「ね、パイズリして」

「どうするの、こう？」

言うと真希もすぐに答え、オッパイをペニスに押しつけ、谷間に挟んでくれた。

柔らかな感触と肌の温もりに包まれ、幹がヒクヒクと震えた。

「ああ、いい気持ち……、もっと強く……」

康一が喘ぎながら言い、真希も懸命に谷間で揉みしだいてくれた。さすがに喜代美の娘だけあり、膨らみも今後さらに豊かになっていくことだろう。

そしてせがむように先端を突きつけると、真希も舌を這わせはじめた。

胸を引き離し、本格的に尿道口を舐め回し、滲む粘液をすすり、そのまま張りつめた亀頭を含んできた。

「アア……」

康一が快感に喘ぐと、さらに彼女はスッポリと喉の奥まで呑み込んで吸い付き、熱い鼻息で恥毛をそよがせた。

3

「お行儀悪く、音を立ててしゃぶって……」

康一が言うと、真希もチューッと吸い付きながらスポンと引き離し、亀頭に舌を這わせて吸い付き、ことさらにチュパチュパと音を立ててくれた。

「ああ……、いい……」

濃厚な愛撫に喘ぎ、彼はジワジワと絶頂を迫らせていった。

やがて口が疲れ、息苦しくなったように真希がチュパッと口を引き離した。

「入れてもいい？」

「うん、その前に顔を跨いで」

言われて、康一は彼女の手を引っ張って顔に跨がらせた。

「飲みたい。少しでいいから出して」

真下から割れ目に吸い付きながら言うと、

「シーツが濡れちゃうわ……」

真希がモジモジと股間を押しつけながら答えた。

「大丈夫。全部飲んじゃうから」

「変態ね……」

言いながらも、彼女は息を詰めて尿意を高めはじめてくれた。

康一は舌を挿し入れて柔肉を舐め回し、待機しながら吸い付いた。

「ああ……、いいのかしら本当に……」

真希も何度か息を吸い込んでは止めて言い、ヒクヒクと柔肉を蠢かせた。そして放尿するときの収縮が感じられた途端、

「あう、出る……」

彼女が言うなり、チョロチョロと温かな流れが康一の口に注がれてきた。

溢れさせてはいけないと思っているのか勢いをセーブしてくれ、彼は受け止めながら夢中で喉に流し込んだ。

味と匂いはやや濃く、それでも康一は心地よく飲み込むことが出来、甘美な悦《よろこ》びで胸を満たした。

勢いは一瞬強まったが、こぼすことはなく、その後は急激に流れが治まっていった。もともと、それほど溜まっていなかったのだろう。

全て飲み干すと康一は再び舌を這わせ、余りの雫をすすった。すぐにも新たな愛液が溢れて舌の動きが滑らかになり、残尿が洗い流されて淡い酸味のヌメリが満ちていった。

「ああ、もうダメ……」

真希もすっかり興奮を高めて喘ぎ、自分から股間を引き離し、彼の股間に移動していった。そして跨がり、先端を濡れた割れ目に押し当てていった。

座り込むと、ペニスはヌルヌルッと滑らかに根元まで呑み込まれてゆき、彼女は完全に股間を密着させてきた。

「アア……、すごいわ……」

先日まで処女だったが、もうすっかり痛みもなくなり、真希はペニスをキュッと締め付けながら喘いだ。

康一も温もりと感触を味わいながら両手を回し、彼女を抱き寄せていった。動くとすぐ果てそうなので、まだじっとしたままだった。

「ここ舐めて」

胸を指して言うと、真希も屈み込んで彼の乳首を舐めてくれた。

「噛んで……」

熱い息に肌をくすぐられて言うと、真希も綺麗な歯でキュッと乳首を噛んだ。

「アア、気持ちいい。もっと強く……」

「痛くないの？」

「うん、美少女に食べられているみたいで気持ちいい」

「美少女なんて言わないで。もう女子大生なんだから」

また彼女は怒ったように言い、康一の左右の乳首を交互に強くキュッと噛み締めてくれた。

「あう……、いい……」

康一は甘美な痛み混じりの快感に呻き、刺激されるたび膣内でペニスをヒクヒクと歓喜に震わせた。

「ほっぺも嚙んで」

言うと真希は身を乗り出し、痕《あと》が付かない程度に彼の左右の頬にも可愛い歯並びを食い込ませ、モグモグと刺激してくれた。

硬い歯の感触とともに、唾液に濡れた唇もここちよく触れ、さらに彼は真希の吐息を求めて口に鼻を押しつけていった。

甘酸っぱい果実臭が鼻腔から胸に沁み込み、もう我慢できず彼はズンズンと小刻みに股間を突き上げはじめてしまった。

「アアッ……」

真希も喘ぎ、合わせて腰を動かしてくれた。熱く濡れた肉襞がクチュクチュと幹を摩擦し、溢れる愛液が陰嚢まで濡らしてきた。

そして彼は両手を回して抑えつけ、次第に勢いよく動き、唇を重ねていった。

「ンン……」

真希は熱く呻き、差し入れた彼の舌にチュッと吸い付き、ネットリとからみつかせてくれた。生温かな唾液がトロリと流れ込み、康一はうっとりと味わい、喉を潤して酔いしれた。

「ね、顔中ベチョベチョにして唾パックして」

「そんな、汚いのに……」

せがむと真希は呆れたように言いながらも、愛らしい舌を這わせ、彼の鼻の穴から頬、瞼《まぶた》まで舐め回し、生温かく清らかな唾液でヌルヌルにまみれさせてくれた。

「ああ……、いきそう……」

康一は美少女の唾液と吐息の果実臭に包まれ、何度も嗅いで鼻腔を湿らせながら喘いだ。

「アア……、気持ちいいッ……！」

すると真希の方も急激にオルガスムスが迫ったように口走ると、そのままガクガクと痙攣を起こしはじめてしまった。

膣内の収縮も活発になり、続いて康一も絶頂の快感に全身を包まれ、ありったけのザーメンを内部にほとばしらせていた。

「あう、熱いわ。いい……！」

噴出を受け止めた真希が呻き、キュッキュッときつく締め付けながら彼の上で激しく悶えた。

康一も心ゆくまで快感を噛み締め、最後の一滴まで出し尽くして満足した。

満足しながら突き上げを弱めてゆき、美少女の重みと温もりを感じながら彼は身を投げ出していった。

「ああ……、すごかったわ……」

真希もヒクヒクと肌を震わせながら言い、グッタリと力を抜いた。

もう今後は、何度しても彼女は大きなオルガスムスを得ることだろう。

まだ膣内が息づき、ペニスも過敏に内部でヒクヒクと反応した。

そして康一は、真希のかぐわしい息を嗅ぎながら余韻を味わい、幸福感を嚙み締めたのだった……。

## 4

一月下旬になると、康一は二日間にわたる全科目の卒業試験を終えて、自由登校になった。あと高校生活の行事は、一ヶ月後の卒業式を残すばかりだった。

そんなある日、喜代美からメールが入った。明日は日中予定が何もないので来てくれないかとのことである。

もちろん行く気になり、康一は彼女に、たった今から入浴とトイレ洗浄機の使用と歯磨きをしないよう懇願する返信を送った。

彼女は驚きながらも、どうしてもというのなら、と返事してくれた。

やがて翌日、彼は午前中から喜代美の家を訪ねた。

すぐにも喜代美が出て来て、康一は招き入れられた。

リビングではなくいきなり寝室で、彼女も相当に欲求が溜まっているようだった。

「いいの、本当に……」

「ええ、約束を守ってくれたなら嬉しいです」

「だって、匂うかも知れないのに……」

「綺麗な人の匂いが強いと、ギャップにすごく興奮するんです。でも僕は出がけに清潔にしてきましたので」

「ずるいわ……」

喜代美は言いながらも、待ちきれないように服を脱ぎはじめた。

康一も手早く全裸になり、ピンピンに勃起させながら美熟女の体臭の沁み付いたベッドに横たわった。

彼女も全て脱ぎ去り、いつになくモジモジと身を縮めながらベッドに上がってきた。

恐らく、最後の入浴は一昨夜であろう。

待っているだけでも、彼女の服の内に籠もっていた熱気が、悩ましい匂いを含んで漂ってきた。

「どうして欲しいの？」

「じゃ、最初に足を舐めたいから僕の顔に乗せて」

言われて、康一は仰向けのまま答え、彼女の手を引っ張って顔に迫らせた。

「アア……、どうしたらいいの……、まさか、ここに立って踏むの？」

「ええ、お願い」

康一が答えながら誘導すると、喜代美も彼の顔の横に立ち、壁に手を突きながら、そろそろと片方の足を浮かせてきた。

彼も、足首を握って顔に乗せさせた。

「ああッ……、将来のある子の顔を踏むなんて……」

喜代美は声を上ずらせ、膝をガクガク震わせながらも足裏をそっと康一の顔に触れさせた。

彼は足裏の感触を味わいながら見ると、すでに喜代美の割れ目はジットリと潤い、今にも内腿にまで伝い流れそうになっていた。

踵から土踏まずまで舌を這わせ、指の間に鼻を押しつけると、汗と脂に湿って蒸れた匂いが濃く沁み付いていた。

「ああ、いい匂い……」

「う、嘘……」

うっとりと嗅ぎながら言うと、喜代美は息を詰めて答え、指を縮めた。

康一は充分に嗅いでから爪先にしゃぶり付き、全ての指の股を舐めてから足を交代してもらった。

「アア……、いいのかしら、こんなこと……」

喜代美が、指の間をヌルッと舐められるたびにビクリと反応して喘いだ。

やがて両足とも、ムレムレの匂いと味を貪り尽くしてから、彼は足首を摑んで顔を左右に置き、手を引いてしゃがみ込ませた。

量感ある内腿がさらにムッチリと張り詰め、脚が太いM字になり、中心部が彼の鼻先に迫ってきた。

丸みを帯びた割れ目からはみ出す陰唇はネットリと蜜にまみれ、間から覗く膣口には白っぽい本気汁まで粘ついていた。

康一は豊満な腰を抱き寄せ、黒々と艶のある茂みに鼻を埋め込んだ。

生ぬるい汗とオシッコの匂いが濃厚に入り交じって鼻腔を掻き回し、悩ましく胸に沁み込んできた。

「ああ、こんな綺麗な小母様が、こんなに刺激的な匂いをさせている」

「あう、ダメ……!」

真下から言うと、喜代美が激しい羞恥に唇を噛んで呻いた。

舌を這わせると、トロリとした淡い酸味の愛液が口に流れ込んできた。

彼は真希が生まれ出てきた膣口の襞を舐め回し、白っぽい粘液をすすり、突き立ったクリトリスまで舐め上げていった。

「アアッ……、す、すぐいきそうよ……」

喜代美がヒクヒクと下腹を波打たせ、今にも座り込みそうになるたび懸命に両足を踏ん張った。ヘッドレストに両手で摑まっているから、まるでオマルにしゃがみ込んでいるようだ。

やはり真希が早くに絶頂を覚えたのも、母親譲りだったのだろう。

康一は少しクリトリスを舐めただけで、豊かな尻の真下に潜り込み、谷間の蕾に鼻を埋め込んで嗅いだ。

「あうう、嗅がないで……」

喜代美は呻いて嫌々をしたが、その体勢を崩すことはなかった。

やはり蕾には生々しい匂いが籠もり、康一は美女の恥ずかしい匂いを充分に貪ってから舌を這わせた。

とにかく彼女は、律儀に約束を守り、羞恥で快感を増しているようだった。

細かに震える襞を濡らし、ヌルッと舌を潜り込ませて粘膜を味わうと、

「く……！」

喜代美が息を詰めて呻き、キュッと肛門で舌先を締め付けてきた。なおも内部で舌を蠢かすと、同時に膣口も連動するように収縮し、トロトロと彼の顔に大量の愛液を滴らせてきた。

「も、もう堪忍……」

喜代美が降参するように言い、前も後ろも存分に味わった康一も、ようやく真下から這い出していった。

すると彼女は安心したように膝を突き、熟れ肌を息づかせながら添い寝してきた。

康一も甘えるように腕枕してもらい、汗ばんだ腋の下に鼻を埋め込み、巨乳に手を這わせながら濃厚な体臭で胸を満たした。

そして生ぬるく甘ったるい汗の匂いで鼻腔を刺激され、やがて顔を移動させて乳首に吸い付いていった。

「アア……！」

喜代美は熱く喘ぎ、次第に朦朧となりながら彼の髪を撫で、さらに胸の膨らみにギュッと抱きすくめてきた。康一は心地よい窒息感に噎せ返り、コリコリと硬くなった乳首を懸命に舌で転がした。

両の乳首を交互に吸い、心ゆくまで体臭を味わうと、ようやく彼女が身を起こして反撃に出てきた。

彼の股間に屈み込み、幹に指を添えてチロチロと先端を舐め、亀頭をしゃぶった。

「石鹸《せっけん》の匂い。ひどいわ、自分だけ綺麗にしてきて……」

喜代美は詰《なじ》るように言い、そのままスッポリと喉の奥まで呑み込んだ。

股間に熱い息を籠もらせ、幹を締め付けてチュッと強く吸い付き、内部ではクチュクチュと執拗に舌をからめてきた。

「ああ、気持ちいい……」

康一も受け身に転じ、美女の唾液にまみれながら喘ぎ、口の中でヒクヒクとペニスを震わせた。

「ンン……」

喜代美は先端が喉の奥につかえるほど深々と含んで熱く鼻を鳴らし、顔を上下させてスポスポと強烈に摩擦してくれた。

「い、いきそう……」

すっかり高まった康一が言うと、彼女はすぐスポンと引き抜いて横になった。

「入れて……」

喜代美が言い、僅かに立てた両膝を開いた。今日は正常位が良いらしい。

康一も身を起こし、彼女の股間にペニスを進めていった。

幹に指を添え、唾液にまみれた先端を濡れた膣口にあてがい、感触を味わいながらゆっくり挿入すると、

「アア……、いいわ……！」

すぐにも喜代美が目を閉じて喘ぎ、ヌルヌルッと根元まで受け入れていった。

康一も肉襞の摩擦と温もり、きつい締め付けを味わいながら股間を密着させ、身を重ねていった。

豊かな熟れ肌がクッションのように下で弾み、押しつぶされる巨乳も柔らかくて心地よかった。

康一は遠慮なくのしかかり、上から唇も重ねていった。舌を挿し入れて歯並びを舐め、舌をからめると彼女もネットリとからませてきた。

生温かな唾液と舌の蠢きを感じながら、小刻みにズンズンと腰を突き動かしはじめると、

「ンンッ……！」

喜代美が熱く鼻を鳴らし、チュッと強く彼の舌に吸い付いてきた。

さらに股間をぶつけるように激しく動かすと、喜代美が苦しげに口を離した。

「アアッ……」

彼女が喘いで開いた口に鼻を押しつけて嗅ぐと、熱く湿り気ある吐息は白粉のような甘さが今までで一番濃く、その刺激が鼻腔から胸に沁み込み、悩ましくペニスに伝わっていった。

「いい匂い」

「い、いやっ……」

うっとりと嗅ぎながら言うと、やはり歯磨きせず匂いが濃いことを知っている彼女は羞じらいに嫌々をし、膣内の収縮を強めていった。

大量に溢れる愛液が、揺れてぶつかる陰嚢をヌメらせ、クチュクチュと卑猥な音を立てた。

しかし喜代美は激しく身悶えながらも、何かに耐えているようだ。

すると彼女が自ら両脚を浮かせ、手で抱え込んだ。

「ね、お尻を犯してみて……」

「え？　大丈夫かな……」

言われて、康一は答えながらも激しい好奇心を抱いた。

「してみたいの。強引に入れてみて……」

喜代美が言う。あとで聞くと、スポーツジムの仲間からアナルセックスをしたことを聞き、興味を覚えたらしい。

康一は身を起こし、ゆっくりペニスを引き抜いた。見ると割れ目から流れ出す愛液が、肛門の方までネットリと濡らしていた。

彼は先端を蕾に押し当て、呼吸を計りながらゆっくり押し込んでいった。

張りつめた亀頭が肛門を丸く押し広げて潜り込むと、あとは比較的楽にズブズブと根元まで呑み込まれていった。

「あう……！」

喜代美が眉をひそめて呻き、キュッと締め付けてきた。

さすがに入り口はきついが、中は思ったより広く、ベタつきもなく滑らかだった。

「大丈夫ですか」

「ええ、すこし痛いけど大丈夫。変な感じ……、どうか動いて、乱暴に……」

喜代美が、処女を失ったかのように言い、康一も感触を味わいながら小刻みに腰を突き動かした。

正に、美熟女の肉体に残った、最後の処女の部分を征服しているのだ。

「ああ……、すごいわ、気持ちいい……」

喜代美が熱く喘ぎながら言った。次第に、彼のリズムに合わせて緩める感覚にも慣れてきたのだろう。

康一も、きつい締め付けの中で激しく動けるようになり、やがて急激に摩擦快感に高まっていったのだった。

5

「い、いっちゃう……、アアッ……！」

康一は昇り詰め、大きな絶頂の快感に全身を貫かれながら口走った。

同時に、ありったけの熱いザーメンがドクンドクンと底のない穴の奥に勢いよくほとばしった。

「あうう……、感じるわ、もっと出して……」

喜代美が身をよじりながら熱く呻き、いつしか彼女は自らクリトリスを激しく指で擦っていた。そして愛液も大洪水になり、潮でも噴くように何度かピュッとほとばしらせた。

康一は股間をぶつけ、下腹部に当たって弾む豊かな尻の丸みを感じながら中に出し尽くしていった。内部に満ちるザーメンのヌメリで、さらに動きがヌラヌラと滑らかになった。

「ああ……」

康一は満足して声を洩らし、動きを弱めていった。

彼女も、膣ほどではなくてもアナルセックスで小さなオルガスムスを感じたようにいつまでもヒクヒクと熟れ肌を震わせていた。

やがて康一は余韻に浸りながら力を抜くと、肛門の収縮と内圧で、濡れたペニスが徐々に排出されていった。

何やら美女の排泄物になったような妖しい興奮が湧き、やがてペニスはツルッと抜け落ちた。

椿《つばき》の花弁のように開いた肛門は傷ついた様子もなく、一瞬内部の粘膜を覗かせたが徐々につぼまって元の可憐な形状に戻っていった。ペニスに汚れの付着はなく、康一はハアハア喘いでいる彼女に添い寝しようとした。

「待って、すぐ洗った方がいいわ……」

すると喜代美が言い、まだ呼吸も整わないまま身を起こしてきた。

康一も、彼女を支えながら一緒にバスルームに行くと、シャワーの湯で互いの全身を洗い流した。特にペニスは、彼女がボディソープで念入りに洗ってから湯をかけてくれた。

「オシッコしなさい。中も洗い流した方がいいわ」

康一をバスタブのふちに座らせ、喜代美がペニスに顔を寄せて言った。彼も回復しそうになるのを堪えながら懸命に息を詰め、尿意を高めた。

やがてチョロチョロと放尿をはじめると、

「アア……」

喜代美は流れを顔に受けて熱く喘ぎ、舌にも受けてしまった。

美女に小水を浴びせているシチュエーションに彼は興奮し、勃起しはじめてしまい、最後まで絞り出すのに苦労した。

それでも、ようやく出し切ると、喜代美はもう一度洗い流してくれ、念入りに尿道口を舐めてくれた。

さらに含まれて吸われると、もう堪らずに彼自身は美女の口の中で舌に翻弄され、温かな唾液にまみれながら完全に元の硬さと大きさを取り戻してしまった。

「ね、今度は僕にかけて……」

康一は言ってバスタブの床に座り、入れ替わりに喜代美を目の前に立たせた。

そして片方の足をバスタブのふちに乗せさせ、開いた股間に顔を埋めた。

もう濃厚だった体臭も薄れてしまったが、それでも割れ目を舐めると、新たな愛液が湧き出して舌の動きを滑らかにさせた。

「出そう……、いい……？」

喜代美もすっかり尿意を高めて言うなり、間もなくチョロチョロと放尿しはじめてくれた。

それを口に受け、康一は淡い味わいと匂いにうっとり酔いしれながら喉に流し込んだ。喜代美も彼の頭に両手をかけ、グイグイと股間に押し付けながら全て出し尽くしてくれた。

流れが治まると康一はポタポタ滴る雫をすすり、柔肉を舐め回した。たちまち大量の愛液が溢れ、内部には淡い酸味のヌメリが満ちていった。

だった。
「ね、ベッドに戻りましょう……」
喜代美が股間を引き離して言う。やはり最後は、膣でオルガスムスを得たいよう
だった。
もう一度互いに身体を流してから拭き、二人は全裸のままベッドに戻った。
今度は康一が仰向けになると、喜代美はすぐペニスに跨がってきた。
先端を濡れた膣口に受け入れ、一気に腰を沈めると、彼自身はヌルヌルッと根元ま
で呑み込まれていった。
「アアッ……！」
喜代美が顔を仰け反らせて喘ぎ、康一も肉襞の摩擦と温もりに包まれて快感を高め
た。アナルセックスも新鮮で良かったが、やはり一番良いのは、正規の場所で一つに
なることだった。
彼女は密着した股間をグリグリと擦りつけてから、身を重ねてきた。
康一も両手を回してしがみつき、全身で熟れ肌を受け止めながらズンズンと股間を
突き上げはじめた。
「ああ……、いいわ、すぐいきそうよ……」
喜代美が喘ぎ、股間をしゃくり上げるように動かしてきた。恥毛が擦れ合い、コリ

コリと恥骨も押し付けられた。

康一は唇を求め、舌をからめながら動きを速めていった。

「唾を垂らして……」

言うと彼女も喘ぎながら懸命に分泌させ、トロトロと口移しに注ぎ込んでくれた。

康一はうっとりと味わい、喉を潤しながら高まった。

さらに開いた口に鼻を押し込むと、彼女もヌラヌラと舌を這わせてくれた。

身体は洗い流しても、口の中はまださっきと同じ濃厚な白粉臭が満ち、その刺激に唾液の匂いが混じって鼻腔を掻き回してきた。

「い、いっちゃう……」

康一が口走ると、同時に喜代美もガクンガクンと狂おしいオルガスムスの痙攣を開始していった。

「き、気持ちいい……、アアーッ……！」

喜代美が声を上げ、膣内の収縮を激しくさせると、康一も続いて絶頂を迎え、熱い大量のザーメンをドクドクと勢いよく内部にほとばしらせた。

「あう……、すごい……」

噴出を感じた彼女が息を呑み、快感を噛み締めながら全身を硬直させた。

康一はしがみついて抑えつけながら、激しく股間をぶつけ、心地よい摩擦の中で心置きなく全て出し尽くしていった。

そして徐々に動きを弱めてゆき、豊満な熟れ肌を受け止めながら力を抜いた。

「アア……」

喜代美は何度も突き上がる快感の波に喘ぎ、やがてグッタリと身を預けてきた。

膣内は名残惜しげに若いペニスを締め付け、最後の一滴まで搾《しぼ》り取る勢いだった。

康一は内部でヒクヒクと幹を過敏に震わせ、美熟女の熱く濃厚な息の匂いを間近に嗅ぎながら、うっとりと快感の余韻を嚙み締めた。

「気持ち良かったわ……、やっぱり、前に入れる方がいいわ……」

喜代美は息も絶えだえになって言い、遠慮なく体重をかけながら、荒い呼吸を繰り返した。

やがて彼女はそろそろと股間を引き離し、ティッシュを手にして手早く割れ目を拭った。そのまま康一の股間に顔を寄せ、愛液とザーメンにまみれたペニスにしゃぶり付いてくれた。

「ああ……」

康一は刺激に喘ぎ、それでもされるままに、股間に熱い息を受け止めた。

「ンン……」

喜代美は喉の奥まで呑み込んで熱く鼻を鳴らし、執拗に舌をからめてきた。

するとペニスも、みたび彼女の口の中で、唾液にまみれながらムクムクと勃起していったのだ。

「すごいわ、まだ勃つのね……」

喜代美は驚き、呆れたように言いながら幹を指でニギニギした。もう片方の手では陰嚢を包み込んで根元を揉んでくれた。

「また入れたら起きられなくなってしまいそうだから、お口に受けさせて……」

喜代美も、まだ貪欲に淫気をくすぶらせて言い、本格的に呑み込んでいった。

康一は素直に愛撫を受け、もう一度思い切り彼女の口に射精する気になった。

彼女はスポンと口を離してはペニスに巨乳を擦りつけたり、谷間に挟み付け、様々に愛撫してくれた。

「い、いきそう……」

彼がすぐにも高まって言うと、喜代美も再び含んで顔を上下させ、濡れた口でスポスポと強烈な摩擦を繰り返した。

たちまち絶頂が押し寄せ、康一も下から股間を突き上げながらオルガスムスに達してしまった。

「いく……、あぁッ……！」

大きな快感に貫かれて喘ぎ、彼は喜代美の喉の奥に向け勢いよくザーメンをほとばしらせた。

「ク……、ンン……」

彼女は噴出を受け止めながら吸い付き、最後の一滴まで絞り出してくれた。

そしてゴクリと飲み込み、口を離してからも幹を握って動かし、尿道口から滲む余りの雫まで丁寧にすすってくれたのだった。

「アア……、もう……」

康一が腰をよじって言うと、ようやく喜代美も舌を引っ込めて添い寝してきた。

「三度目なのに、濃くて多いわ……」

彼女はうっとりと囁き、康一も甘い匂いに包まれながら余韻に浸ったのだった。

# 第七章　未来へ託す目眩《めくるめ》く快感

## 1

（ここはいつも静かだな……）

康一は、月見神社に来て思った。

ここで治夫や暴走族たちと戦ったのも去年とはいえ、ついこの間のことだった。だが、何やら遠い夢の出来事のように思えた。

もう二月半ばに入り、あとは東大受験が迫っていたが、もちろん緊張などはない。

彼は久々に、奈月に会いに来たのだ。

自室で念じれば、すぐに奈月は現れてくれるが、彼はまたあの巨大美女セレーネの姿も見たかったのである。

そして彼が神社の洞窟に向かい、二礼二拍一礼の挨拶を済ませて入ろうとすると、

「待って。この中に宇宙船が？」

背後から声をかけてきた者があった。

振り返ると、フリーライターの冴子である。どうやら、あれから毎日のように康一の身辺を探っていたのだろう。

「いや、ここは子供の頃から来ていた場所というだけだよ」

康一はとぼけたが、冴子は洞窟を覗き込んだ。

「そんな筈はないわ。いま入ろうとしていたでしょう。なるほど、この山の中なら宇宙船があってもおかしくないわ」

冴子が月見山を見上げて言う。確かに、いかにも宇宙船が入っていそうなドーム型をした山である。

「違うってば、お詣りに来ただけだから。ねえ、一緒に町へ出てラブホに行こう」

康一が言って洞窟の前を離れようとすると、いきなり冴子がビクリと硬直した。

「ヒッ……、で、出たわ……！」

冴子が息を呑むので、視線をたどると洞窟から巫女姿の奈月が姿を現したのだ。

「いいわ、一緒に入っていらっしゃい」

奈月が、可憐な顔に笑みを浮かべ、冴子に言った。

「い、いいの？　冴子さんに見せても」

康一が言うと、奈月も頷いた。

「構わないわ。中途半端な記事を書かれるくらいなら、セレーネを見せれば、何も書く気にならなくなるでしょう」

「セ、セレーネって何……、あなたは何者なの……」

奈月の言葉に、冴子が声を震わせて言った。

「私は奈月。さあ、入れば分かるわ。不思議なものを見たいのでしょう」

奈月が言い、冴子もこの巫女の美少女がただの人間でないことを察して、ためらっていた。

入れば、自分の常識が崩れるかも知れないが、それでもジャーナリスト以前に人としての好奇心が勝ってきたようだ。

「いいわ、見てみる……」

冴子は、康一もこうして普通にしているので、自分も殺されるわけではないと思ったか、重々しく頷いていた。

奈月は頷いて洞窟に向かい、康一が従うと、冴子も恐る恐るついてきた。

奥の岩壁の前で、奈月は康一と冴子の手を握り、さらに進んだ。

すると三人は岩壁を通り抜け、中の銀色の小部屋に入った。

「し、信じられない。壁を抜けるなんて……」

冴子が周囲を見回して言い、さらに奈月が奥のドアを通り抜けた。

生ぬるく甘ったるい匂いに包まれた大きなドームの中には、全裸の巨大美女が横たわっていた。

「キャッ……！」

さすがに気丈な冴子も、それを見て悲鳴を上げた。

「こ、これが、セレーネ……？　康一君、これを見たとき普通でいられたの？」

冴子が、声を震わせて言う。

「ええ、この大きさなら身体ごと彼女の中に入れるなと思って興奮した」

「そんな、普通じゃないわ……」

冴子は言い、眠りながら息づいているセレーネに視線を釘付けにしていた。

「説明して。これが宇宙人なの。一体いつから何しに来て、多くの行方不明の男たちをどうしたの……」

冴子が、ようやくセレーネから視線を引き離し、奈月に向かって言った。

「男たちは、セレーネに吸収されているわ。生殖腺だけ残して、あとは消滅」

「吸収された……？　まるで、鮟鱇《あんこう》……」

「そう、私たちの星の牝から見れば、地球の男は鮟鱇の牡だわ」

「セレーネは、妊娠しているの？」

「まだよ。男たちの生殖腺の刺激で、受精する準備段階。だって子宮はこの私なのだから」

「あなたが、子宮……」

冴子は、まじまじと奈月を見た。

「ええ、私が康一の子を妊娠したら、セレーネの体内に戻って、成熟を待って星に帰るわ。まだ百年も先のことだけれど」

奈月が言う。

「僕の子を？　じゃ、僕も吸収される？」

康一は、気になっていたことを訊いた。

「ええ、受精が確認されれば吸収するけど、確認まで五十年かかるわ」

「あ、それならいいや。僕は六十八歳だから、やりたいこともやり尽くしているだろうからね」

康一は安心して言った。奈月の星の人間の寿命は地球人と比べると相当に長く、時間もゆったり流れているのだろう。

冴子は、ついていけないというふうに嘆息してかぶりを振った。

「とても書けないわ……」

「そうでしょう。でも、個人的な好奇心は満たされたでしょう。セレーネの身体に乗ってみる？」

呟く冴子に、奈月が言った。

「ええ、観察してみたいわ……」

冴子も、ようやく衝撃から抜け、再び好奇心が湧いてきたようだった。

「じゃ、脱いで。土足で上がるわけにいかないから」

奈月が言うと、自分から袴の紐を解き、巫女の衣装を脱いでいった。

康一もドーム内の甘い匂いに興奮し、手早く服を脱ぎ去ってしまった。

「え……？」

靴だけでなく、全て脱ぐことに躊《ちゆう》躇《ちよ》したが、この妖しい雰囲気に呑まれるように、やがて冴子も脱ぎはじめていった。

康一はピンピンに勃起し、セレーネに加え二人の体臭にも反応した。

たちまち三人が全裸になると、奈月はまた二人と手をつないで浮かび上がり、巨大美女の腹の上に降り立った。

「ああ……」

冴子が、非現実的な状況に声を震わせ、肌の温もりと柔らかな感触に膝を突いた。

康一もセレーネの腹に仰向けになり、せがむようにペニスをヒクヒクさせると、奈月が近づき、しかも冴子の顔も引き寄せて屈み込んできた。

「ね、一緒に舐めましょう」

奈月が言い、冴子の口も亀頭に押し付けながら、一緒になって舌を這わせてきた。

二人の熱い息が股間に籠もり、康一はさらに亀頭を張り詰めさせた。

すると冴子も、すっかり朦朧となり、何も考えられなくなったようにチロチロと舌を這わせはじめてくれたのだ。

「ああ、気持ちいい……」

康一が大股開きになって快感に喘ぐと、二人も頬を寄せ合いながら彼の股間に腹這ってきた。

そして両脚を浮かせて抱えると、先に奈月が彼の肛門を舐め回し、ヌルッと舌を潜り込ませてきた。

「あう……！」

康一が妖しい快感に呻き、キュッと肛門で舌先を締め付けた。

奈月が引き離すと、すっかり冴子も洗脳されたように、続いて肛門に舌を這わせてヌルリと押し込んでくれた。

連続して受け入れると、やはり舌の感触や蠢きの微妙な違いが分かり、それぞれに興奮をそそった。

冴子が舌を引き抜くと、二人は申し合わせたように同時に陰嚢にしゃぶり付き、睾丸を一つずつ優しく吸い、舌で転がしてくれた。

たちまち袋全体は二人分の生温かな唾液にまみれ、さらに二人は幹を舐め上げ、再び同時に亀頭にしゃぶり付いてきた。

交互に深々と呑み込み、吸い付きながらスポンと引き抜いては交代し、また康一は二人の口腔の温もりや舌の蠢きの微妙な違いに高まった。

しかし二人は、彼が漏らしてしまう前に口を離し、日頃彼がしているように脚を舐め降り、左右の足裏に舌を這わせ、爪先にしゃぶり付いてきたのだ。

「アアッ……」

康一は、指の股に舌を挿し入れられ、妖しい快感に喘いだ。

二人は、特に冴子も厭《いと》わず念入りに全ての指の間を舐め、彼は申し訳ないような快感に悶えながら、それぞれの美女の舌を足指で挟み付けた。

舐め尽くすと奈月が顔を上げ、彼の足首を摑んで持ち上げ、足裏に乳房を押し付けてきた。

それを見て冴子も同じようにし、彼は美女のオッパイを踏みしめるような快感と、コリコリする乳首の感触を味わったのだった。

2

「気持ちいいでしょう？」

奈月が添い寝して囁き、反対側からは冴子も肌を密着させてきた。

そして二人は、彼の左右の乳首に吸い付き、熱い息で肌をくすぐりながら舌を這わせてきたのだった。

もちろん奈月はキュッと歯を立て、冴子もそれに倣《なら》った。

「あう……、いい気持ち、もっと強く嚙んで……」

康一は甘美な刺激に呻き、二人の美女に食べられているような快感に包まれた。

やがて口を離すと、二人は仰向けになってきた。

「今度は私たちにして」

奈月が言い、康一は身を起こして二人の足の方に移動した。

先に奈月の足裏を舐め、指の股に鼻を割り込ませて嗅ぐと、やはり蒸れた匂いが程よく籠もっていた。

両脚とも全ての指の間を舐めると、隣の冴子の足に移った。

さすがに冴子は恐怖や緊張のため、また今日は彼を追って歩き回っていただろうから、奈月以上に指の股は汗と脂に湿り、生ぬるくムレムレになった匂いを濃く沁み付かせていた。

充分に嗅いでから爪先にしゃぶり付き、念入りに全ての指の間を舐め、両足とも味わうと、そのまま脚の内側を舐め上げて股間に顔を進めていった。

「アア……」

冴子は、文字通り肉布団の上で喘ぎ、両膝を開いていった。

張りのある内腿を舐め上げていくと、股間の熱気が彼の顔中を包み込んだ。

見ると、はみ出した陰唇は興奮に濃く色づき、間からはトロトロと大量の愛液が溢れはじめているではないか。

康一は茂みに鼻を埋め込み、割れ目に舌を這わせていった。

柔らかな恥毛の隅々には、やはり汗とオシッコの匂いが濃厚に籠もり、悩ましく鼻腔を掻き回してきた。

トロリとした愛液は淡い酸味を含んで舌の動きを滑らかにさせ、彼は膣口の襞を掻き回し、大きめのクリトリスまで舐め上げていった。

「あぁッ……、ダ、ダメ……」

冴子が激しく喘ぎ、内腿で彼の顔を挟み付けてきた。

舐めながら見上げると、奈月が横から冴子の乳房を巧みに揉みしだき、指先で乳首を愛撫していた。

康一は溢れる蜜をすすり、冴子の濃い体臭を存分に嗅いでから、さらに脚を浮かせて、尻の谷間に鼻を埋め込んだ。蕾に籠もる秘めやかな微香を吸収し、舌を這わせてヌルッと潜り込ませた。

「く……！」

冴子が呻き、肛門で舌を締め付けながら、いつしか奈月に縋り付いていた。

やがて康一は、冴子の粘膜を味わってから顔を上げ、隣の奈月の股間に潜り込んでいった。

そこも愛液がネットリと溢れ、彼は茂みに鼻を擦りつけて悩ましい体臭を嗅ぎ、舌を這わせてヌメリをすすった。

クリトリスを舐め回し、脚を浮かせて肛門を舐め、前も後ろも味わってから肌を這い上がり、奈月の乳首に吸い付いていった。

「あん、気持ちいい……」

奈月が仰向けになって喘ぎ、冴子の顔も引き寄せて、もう片方の乳首を吸わせた。

彼は甘ったるい体臭を感じながら、コリコリと硬くなった乳首を舌で転がし、左右とも味わうと、そのまま冴子の胸に顔を埋め込んでいった。

こちらも両の乳首を交互に含んで舐め回し、さらに腋の下にも鼻を埋め込み、甘ったるい濃厚な汗の匂いで鼻腔を満たした。

「ね、入れたいわ……」

奈月がせがみ、再び康一は仰向けにさせられた。すると奈月がペニスに跨がり、すぐにもヌルヌルッと膣口に受け入れていった。

「アアッ……、いいわ……！」

奈月は顔を仰け反らせて喘ぎ、ぺたりと座り込んでキュッと締め付けてきた。

康一も肉襞の摩擦と温もり、締まりの良さに高まった。

しかし後が控えているので必死に我慢すると、幸い奈月もすぐにオルガスムスに達したようだった。

彼の胸に両手を突っ張り、激しく腰を動かしながらヒクヒクと痙攣した。

「い、いっちゃう……！」

奈月が声を上ずらせ、大量の愛液を漏らしながら膣内を収縮させた。

康一は懸命に耐え、奈月の嵐が過ぎ去るのを待った。

すると彼女はグッタリと突っ伏し、荒い呼吸を繰り返しながら股間を引き離し、ゴロリと横になったのだ。

そして彼は冴子の手を引いて股間に跨がらせると、彼女も欲望に突き動かされるように、奈月の愛液にまみれたペニスを膣口に受け入れていった。

「ああッ……！」

深々と呑み込みながら股間を密着させ、冴子も顔を仰け反らせて喘いだ。

康一も肉襞の摩擦と熱いほどの温もりに包まれ、暴発を堪えながら両手を回して彼女を抱き寄せた。

冴子が身を重ねると、康一は僅かに両膝を立て、ズンズンと股間を突き上げ、下から唇を求めた。

すると余韻に浸っていた奈月まで顔を割り込ませ、一緒になって唇を重ねてきたのである。

康一は二人の唇を受け止め、それぞれと舌をからめ、混じり合った唾液で心地よく喉を潤した。しかも奈月の吐き出す甘酸っぱい息の匂いと、冴子の吐き出す花粉臭の刺激が鼻腔で混じり合い、うっとりと胸に沁み込んできた。

「もっと唾を出して……」

康一が小刻みに腰を突き上げながら言うと、奈月がトロトロと唾液を吐き出してくれ、冴子も同じようにした。

彼は、美女たちのミックス唾液を心ゆくまで味わって飲み込んだ。

「顔中にも……」

言うと二人は、康一の鼻の穴や頬、耳の穴まで舐め回し、顔中を生温かな唾液でヌルヌルにまみれさせてくれた。

「い、いきそう……」

康一はすっかり絶頂を迫らせ、冴子の肉襞の摩擦に高まっていった。

「アアッ……！　気持ちいいッ……！」

すると冴子も声を上ずらせ、激しく股間を擦りつけてきたのだ。

「いく……、ああっ……！」

たちまち冴子が喘ぎ、ガクガクと絶頂の痙攣を開始し、続いて康一も収縮する膣内でオルガスムスを迎えてしまった。

「く……！」

大きな快感に呻き、ありったけの熱いザーメンをドクドクと注入すると、

「アア……、熱い……」

噴出を感じた冴子が喘ぎ、さらにキュッキュッときつく締め上げてきた。

康一は快感を噛み締め、二人の舌を舐め回して唾液と吐息を吸収しながら、心置きなく最後の一滴まで出し尽くしていった。

二人がかりだと快感も倍加したように感じ、動きを止めてからも、いつまでも康一の動悸が治まらなかった。

「ああ……」

冴子も声を洩らし、力尽きたようにグッタリと体重を預けてきた。まだ膣内が収縮を繰り返し、刺激されるたびペニスが過敏にヒクヒクと震えた。

康一は二人の温もりを受け、混じり合ったかぐわしい息を嗅ぎながらうっとりと快感の余韻に浸り込んでいった。

やがて冴子がノロノロと身を離し、ゴロリと横になると、奈月が彼女の顔をペニスに迫らせた。

「舐めて綺麗にしてあげて。私もしてあげるから」

奈月は言って、冴子にペニスを含ませ、自分は冴子の割れ目に顔を埋めて舌を這わせはじめたのだ。

「ンンッ……」

冴子は、愛液とザーメンにまみれた康一の亀頭をしゃぶりながら呻いた。

奈月も、愛液に濡れザーメンの逆流する冴子の膣口を舐め回し、念入りにヌメリをすすっていた。

しかもそれを、巨大美女の腹の上で行っているのだから、実に異様な光景であっただろう。

「アアッ……、も、もうやめて……」

舐め尽くし、同性に刺激された冴子が口を離して喘いだ。

ようやく奈月も割れ目から顔を上げ、すっかり呼吸を整えてから、手をつないだ三人はふわりとセレーネの身体の上から降りていった。

「写真を撮りたいわ……」

身繕いをすると、冴子がセレーネを見て言った。

「何も写らないわ」

奈月が答えたが、冴子は何回かデジカメのシャッターを押した。

そして康一と冴子は、奈月に送り出されて洞窟から出た。振り返ると、もう奈月の姿はなく、そこはただの岩壁である。

「怖いわ。離れましょう……」

冴子が言い、足早に月見神社を離れ、康一も一緒に町へ出た。

そして冴子も、まだまだ話したそうなので、二人は喫茶店に入ったのだった。

3

「信じられない……、今のは夢だったの……？」

コーヒーを前にして、冴子が息を震わせて言った。デジカメを確認しても、やはり何も写っていなかったようだ。

「もう書く気はないでしょう。世の中に用のない不良が十何人か消えただけなんだから、もう関わらない方がいいです」

康一は、コーヒーを飲みながら言った。

「ええ、あの巫女や洞窟には関わらないわ。でも、君とは何か組んで仕事をしたい。将来はどうするの」

「今月に東大を受験して、四月からは大学生」

「でも、無限の能力があるのだから、授業なんか受けなくても大丈夫でしょう。大学に籍だけ置いて、何か一緒に事業を興さない？」

冴子は、康一の能力で一旗揚《あ》げたいようだった。

「うん、あと五十年あるから、面白いことをしたいな」

「何でも出来るでしょう。何が一番したいの？」

「確かに、小説もマンガも作曲も、何でも出来るだろうけど忙しいのは嫌だ。出来れば多くの女性とセックスしたい」

康一が言うと、冴子が呆れたように小さく嘆息した。

「じゃ、芸能プロダクションでも作って、若いアイドルを片っ端から抱く？」

「それもいいな。でも会社なんか作るのは面倒そうだ」

「一人だけ得をするの？　じゃ私も要らないわね……」

冴子は言い、急に彼をつなぎ止めておく自信を失ったようだ。

何でも出来る康一なのだから、誰の助けも要らないのである。

「ええ、冴子さんは東京で、自分のやり甲斐《がい》のある仕事を続けるのがいいですよ。僕は、せいぜい残り時間は親孝行して、適当に稼ぎます」

「そう、分かったわ。じゃこれでさよならね」

冴子は言って立ち上がり、伝票を手にした。

康一もコーヒーを飲み干し、彼女と一緒に喫茶店を出た。そして二人は無言で駅に向かい、裏道を歩いた。

「へええ、カッコいい姉ちゃん、付き合ってくれない？」

二人のチンピラが、冴子の前に立ち下卑《げび》た笑みで話しかけてきた。

「失せろ、虫ケラ！」

冴子は不機嫌そうに言い、いきなり正面の男の股間を蹴り上げた。

「むぐ……！」

「こ、この女……、うわ！」

一人が呻いてうずくまると、もう一人も冴子に摑みかかろうとしたところ、水月《すいげつ》への強烈な正拳を受けて倒れた。

さすがに、相当に切れの良い技を持っていた。

そこへ奈月が姿を現し、二人の足首を摑んでササササと物陰へと引っ張り込んでいった。

「ひい……！」

冴子は息を吞んで立ちすくんだ。

それは一瞬の出来事で、すでに奈月も二人の男の姿も消え失せている。

「も、もう御免だわ。怖いことは……」

冴子は康一を振り返って言うなり、そのまま足早に駅の方へと行ってしまったのだった……。


——康一は、東大受験を終えた。もちろん満点は狙わず、全科目そつなく九十五点ちょっとでまとめた。

あとは卒業と発表を待つばかりである。

そして卒業式を控えた最後の登校日、康一はさとみに進路指導室に呼ばれた。

「受験終わったのね。手応えはどう？」

「ええ、万に一つも不合格ということはありません」

訊かれて、康一は自信満々に答えた。

「そう、あなたが東大に合格すれば後輩の励みにもなって、校風も昔のように良くなっていくわ」

「はい、卒業後に発表の報告に来ますね」

彼は、さとみを前にしながら激しく淫気を催しはじめた。生徒指導室は静かな場所で、他の生徒や先生も大部分帰ったようだった。

「あとは卒業式だけだけれど、多くの生徒が行方不明になっているの。聞いているでしょう？」

「どうせ不良たちでしょう」

「ええ、あなたが東田君たちに買い物に行かされたりしていたのを、薄々知っていながら、私は何もしなかったわ。ごめんなさい。どうすることも出来なくて」

「いいえ、いいんです」

「あと気になることがあるの。不良グループが姿を消したので、剣道部の南山君に訊いてみたのだけれど、たいそう怯《おび》えて、アンコウがって……、それ安堂君のことよね？　何か知っているの？」

「僕が、連中を叩きのめして町から追い出したとでも？」

康一が笑みを浮かべて言うと、さとみも怯えたようにビクリと身じろぎ、慌ててかぶりを振った。

「いえ、そんなふうには思わないけれど……、何も知らなければいいの……」

さとみは言い、追及すると何か恐ろしいことになりそうな予感がしたのか、その話はこれで打ち切りにした。

康一はいきなり席を立ち、さとみの方に回り込んだ。

「な、なに……」

彼女が驚いて仰け反ったが、康一は抱きすくめ、強引に唇を奪った。

「ク……！」

メガネ美女が息を詰めて呻き、眉をひそめてレンズの向こうで目を閉じた。

康一は柔らかな唇の感触と、薄化粧の香りの混じる甘酸っぱい吐息を感じながら舌を挿し入れた。

もがきながら、きつく口を閉じて拒んでいたさとみも、彼がブラウスの胸にタッチすると、

「ああ……」

熱く喘いで口を開き、その隙にヌルリと舌を侵入させた。

もちろん彼女は嚙みつくようなことはせず、康一が執拗に舌をからめると、さとみ

もチロチロと蠢かせはじめてくれた。

康一は舌触りと生温かな唾液のヌメリを味わい、息の匂いに酔いしれながら巧みにブラウスのボタンを外し、ブラをずらして手を潜り込ませた。

柔らかな膨らみと温もりを感じながらコリコリと乳首をいじると、

「ンンッ……！」

さとみが熱く呻き、反射的にチュッと強く彼の舌に吸い付いてきた。

康一は美人教師の唾液と吐息を充分に味わってから口を離し、乱れたブラウスに潜り込んで乳首に吸い付いた。

「ダメよ、やめて……、ここは学校よ……」

さとみが息を弾ませて言い、懸命に彼の顔を突き放そうとした。

しかし康一は乳首を舐め回し、生ぬるく甘ったるい体臭を嗅ぎながら執拗に愛撫を続け、さらにスカートの中にも手を差し入れていった。

下着とパンストの上から指先で強くクリトリスの辺りを擦ると、

「アアッ……！」

さとみも本格的に喘ぎ、大量の愛液が溢れてきた様子が下着越しでも温もりで伝わってきた。

「ね、先生、直に舐めたい。顔にしゃがんで」

康一は身を離し、構わず床に仰向けになってしまった。

「ダメよ、こんなところで……、それに制服が汚れるわ……」

「あと一回しか着ないんだし、少し舐めたらすぐ止めるから」

せがんで手を引っ張ると、さとみも諦め、廊下の気配に神経を尖《とが》らせながら急いで彼の顔に跨がってきた。

そして裾をめくって下着とパンストを膝まで下ろすと、本当にトイレにでも入るようにしゃがみこんでくれた。

白い太腿がムッチリと張り詰め、うっすら透ける血管も艶めかしかった。

鼻先に股間が迫ると、熱気と湿り気が顔を包み、見ると思った通り陰唇はヌレヌレに潤っていた。

指で広げると膣口の襞が息づき、真珠色のクリトリスもツンと突き立っていた。

「は、早く済ませて……」

さとみは懸命に両脚を踏ん張りながら、真下から康一の視線と吐息を感じて声を震わせた。

「オマ×コお舐めって言って押し付けてきて」

「そ、そんな……」

「誰か来るといけないから早く」

急かせるように言うと、さとみも意を決して唇を舐めた。

「オ、オマ×コお舐め……、アアッ……！」

言うなりギュッと割れ目を彼の鼻と口に押し付け、さとみは自分の言葉と行為に激しく感じて腰をくねらせたのだった。

4

「ああ、なんていい匂い。さとみ先生のオマ×コ。綺麗な先生が、こんなにムレムレのオシッコの匂いをさせているなんて」

「く……！」

恥毛に鼻を埋めて嗅ぎながら言うと、さとみは激しい羞恥に息を詰めて呻いた。

実際、茂みの隅々には濃厚に甘ったるい汗の匂いが蒸れ、それに残尿臭の刺激も悩ましく沁み付いていたのだ。

そして大量の愛液による生臭く蒸れた匂いも籠もり、康一は何度も深呼吸して鼻腔を刺激されながら、舌を這わせはじめた。

「アアッ……、も、もういいでしょう……」

クリトリスを舐められ、さとみは懸命に立とうとしたが力が入らず、康一に腰を押さえられて喘ぐばかりだった。

彼は淡い酸味のヌメリをすってから、白く丸い尻の真下に潜り込み、顔中に双丘を受けながら谷間の蕾に鼻を埋めて嗅いだ。

研《と》ぎ澄まされた康一の嗅覚は、彼女の生々しい微香を嗅ぎ取り、胸を満たしながら舌を這わせていった。細かに震える襞を舐めて濡らし、ヌルッと潜り込ませて粘膜を味わうと、

「あう……！」

さとみが呻き、キュッときつく肛門で舌先を締め付けてきた。

康一は執拗に舌を蠢かせ、やがて再び割れ目に戻り、量を増した愛液を舐め取ってクリトリスに吸い付いた。

「も、もうダメよ……」

「ね、オシッコして。先生の出したもの飲みたい」

「こ、こんなところで出ないわ……」

真下から言われ、さとみは驚いて答えた。

「少しでいいから。早くしないと誰か来るから」

腰を抱えながら言うと、さとみも慌てて尿意を高めてくれたようだ。

それでも、さすがに校内の、トイレでもない場所で出すのは大変だったろう。たまにチャイムは鳴るし、廊下に人の歩く音も聞こえてくるのだ。

彼女は何度も息を吸い込んで止め、下腹に力を入れた。しかし滴るのは、糸を引く愛液ばかりである。

それを舌に受け、割れ目に吸い付くと、ようやく尿道口が緩んだようだ。

「で、出ちゃう……、アア……」

かすれた声で言い、たちまちポタポタと黄金色の雫が滴り、間もなくチョロチョロとか細い流れになっていった。

温かな流れを口に受け、淡い味わいと匂いを堪能しながら康一は夢中で喉に流し込んだ。

勢いが増し、それでも彼はこぼしたり噎せたりすることなく飲み込み、やがて流れが衰えて彼女も出し切ったようだ。さとみも、まさかこんな場所で放尿する日が来るなど夢にも思っていなかっただろう。

康一は残り香を味わいながら割れ目を舐め、余りの雫をすすった。

「ああ……、も、もうやめて……」

さとみは息も絶えだえになって哀願し、新たな愛液をトロトロと漏らしてきた。

ようやく康一も舌を引き離し、身を起こしていった。そしてズボンと下着を脱ぎ去り、ピンピンに勃起したペニスを露出させた。

「じゃ、机にもたれかかってお尻を突き出して」

彼は言いながら、さとみを机にうつ伏せにさせた。

股間を迫らせ、バックから割れ目にあてがい、濡れた膣口にゆっくりとペニスを挿入していった。

「あぁッ……！」

さとみが背中を反らせて喘ぎ、ヌルヌルッと滑らかに受け入れたペニスをキュッときつく締め付けてきた。

康一は肉襞の摩擦と温もりを感じながら根元まで押し込み、腰を抱えてすぐにもズンズンと腰を前後させはじめた。

ヒタヒタと肌のぶつかる音が響き、尻の丸みがキュッと心地よく彼の下腹部に密着して弾んだ。

さらに彼は覆いかぶさり、セミロングの髪に顔を埋めて甘い匂いに包まれた。

「ダメよ、変になりそう……」

さとみは抽送《ちゆうそう》を受けながら身悶えて嫌々をしたが、膣内は悦びの愛液に満ち溢れ、キュッキュッと艶めかしい収縮が繰り返されていた。

なおも激しくピストン運動を続けていると、たちまちさとみはオルガスムスに達してしまった。

「く……！」

さすがに大きな喘ぎ声が出そうになるのを必死に嚙み堪えながら、ガクガクと狂おしい痙攣を起こし、膣内の収縮を活発にさせた。

しかし康一は果てることなく、股間をぶつけるように動きながら尻の弾力に酔いしれ、彼女が力尽きるのを待った。

「も、もうダメ……」

精根尽き果てたようにさとみが声を絞り出し、ヒクヒクと肌を震わせながらグッタリと突っ伏していった。

康一も動きを止め、収縮を味わってから、やがてゆっくりとペニスを引き抜いた。

そして彼女に椅子を差し出すと、さとみも抜けかけた力を振り絞って懸命に下着とパンストを引き上げた。

結局割れ目を拭くこともせずに身繕いして裾を降ろすと、そのままぺたりと椅子に座り込んだ。

康一は、さとみの前に回って机に腰を下ろし、彼女の鼻先に先端を突きつけた。

「まだいっていないから、お口でして」

言いながら顔を引き寄せると、さとみも素直に愛液にまみれた亀頭にしゃぶり付いてきてくれた。もう自分は身繕いをして安心したし、また彼も果てないと終わらないと思ったのだろう。

「ンン……」

さとみは呻いて熱い息を彼の股間に籠もらせ、オルガスムスの余韻の中で、弾む呼吸を抑えて根元まで呑み込んだ。

メガネの美人教師がペニスにしゃぶり付く様子に、康一も急激に高まった。

さとみも幹の付け根を指で支え、早く済まそうというのか、たっぷりと唾液を出して滑らかに舌を這わせ、顔を前後させて強烈な摩擦を開始してきた。

「ああ、気持ちいい、いく……」

康一も激しく高まり、股間を突き上げながらさとみの口の中で勢いよく昇り詰めてしまった。

「く……！」

大きな快感の渦に巻き込まれ、ありったけの熱いザーメンをドクドクとほとばしらせると、

「ンン……」

喉の奥を直撃されたさとみが、眉をひそめて呻いた。そして噎せそうになったか、第一撃を受けた途端、思わず口を離してしまった。

第二撃三撃が勢いよくさとみの顔中に飛び散り、レンズを汚し、頬の丸みをトロリと伝い流れた。

まだ快感の最中なので、康一は彼女の顔を抱き寄せ、再び亀頭を含ませた。

「ウ……」

さとみは呻きながら、上気した頬をすぼめて何とか最後の一滴まで吸い出してくれたのだった。康一も、すっかり満足しながら幹を震わせ、肛門を締め付けて全て絞り尽くした。

さとみは亀頭を含んだまま唇と舌の動きを止め、口に溜まった分をゴクリと飲み干してくれた。

「あうう……」

キュッと締め付けられ、康一は呻いた。

やがて彼女も口を離し、尿道口に脹らむ白濁の雫まで丁寧に舐め取った。

「ああ、もういい、気持ち良かった。どうも有難う、さとみ先生……」

康一は過敏に腰をよじらせて言い、後ろに手を突いて荒い呼吸を繰り返した。

さとみも舌を引っ込め、ポケットからティッシュを取り出してメガネを外し、頬とレンズを拭いた。

そんな様子を、康一は余韻の中で呼吸を整えながら眺めた。

「先生、大好き……」

「こ、こんな仕打ちをして、好きなんて信じないわ……」

彼が言うと、さとみは恨みがましくメガネをかけて答えた。

「ううん、先生も僕のこと好きなはずだよ。少なくとも身体の方は」

康一は言い、ティッシュを取ってまだ濡れているさとみの顎や口の周りも拭ってやった。

そして彼は、机を降りて下着とズボンを整えた。さとみもコンパクトを取り出し、乱れた髪を直し、ザーメンの痕跡がないか調べた。どちらにしろ顔を洗わないといけないだろう。

「誰も来なくて良かったわ……」

さとみがコンパクトをバッグにしまって言い、立ち上がって椅子を直した。

痕跡はなくなっても、まだ室内には情事のあとの匂いが生々しく残っていることだろう。

やがて二人は進路指導室を出ると、それぞれに別れたのだった。

5

「ここが好きなのね」

奈月が、巨大なセレーネの腹の上で康一に言った。

彼も、自宅に奈月を呼ぶより、この巨大美女の吐息と体臭の籠もったドーム、そして肌の温もりが好きで来てしまったのだ。

「うん、五十年後にセレーネに吸収されて溶けてしまうのが楽しみ」

「そう、いい子ね」

康一が巨大な乳房に寄りかかりながら言うと、奈月がそう返した。すでに二人とも全裸でセレーネの上に乗っていた。

彼は手を伸ばし、長い黒髪に触れ、腕や胸に触れた。

この美少女は、人に似せて作られているが、実際は子宮だから肉だけで、骨も内臓もないのである。

それなのに康一の好むような匂いや、排泄臭を割れ目や尻に付着させているのだ。

「骨がなくて変幻自在なら、首や腕も伸びるの」

「ええ、この形だけでなく、何にでもなれるわ」

「じゃ、テレビでアイドルを見せれば、同じ顔になれるんだね」

「もちろんなれるし、体型も変えられるわ。そして彼女の食事や運動量を調べれば口臭や体臭も、ほぼ本人と同じに再現できるはずよ」

奈月が答える。

「わあ、それなら飽きないし、他の女を抱かなくても済んでしまうね」

「ええ、でも所詮《しょせん》ダミーだから、本物の方が良いに決まってるわ」

奈月は謙遜《けんそん》するように言ったが、今の康一は、この彼女の可憐な顔立ちが一番そそられると思い、迫っていった。

セレーネの腹の上で添い寝し、腕枕してもらって腋の下に顔を埋めた。

「もっと汗の匂いを濃くして。いっぱい運動したあとぐらいに」

言うと、すぐにも甘ったるいミルク臭が濃厚になり、鼻腔を刺激してきた。

康一は汗の匂いに噎せ返りながら胸を満たし、やがて乳首に移動して吸い付いていった。

「ああ……」

どこまで本当に感じているのか分からないが、奈月がビクリと反応して喘いだ。

仰向けになった彼女にのしかかり、康一は両の乳首を交互に含んで舐め回し、滑らかな肌を舐め下りていった。

そして腹から腰、脚を舌でたどって爪先に鼻を割り込ませた。

「ここも匂いを濃く」

嗅ぎながら言うと、急に一日中歩き回ったぐらいに汗と脂に湿り、生ぬるいムレムレの匂いが感じられるようになった。その濃厚な刺激が胸に沁み込み、ペニスにも悩ましく伝わっていった。

彼は両足ともしゃぶり、やがて股間に顔を迫らせていった。

もう奈月も分かっているので、割れ目に籠もる匂いも強めにしてくれ、康一は汗とオシッコの匂いを貪りながら舌を這わせた。

「クリトリスを大きく。冴子さんぐらいに」

股間から言うと、小粒のクリトリスがニュッと親指ほどの大きさになり、光沢を放って突き立った。

彼は亀頭にしゃぶり付き、軽く歯を立てて吸い、溢れる愛液をすすった。

さらに脚を浮かせて尻の谷間にも鼻を埋め、悩ましい匂いを嗅いで舌を這わせ、中にもヌルッと潜り込ませて粘膜を味わった。

「いいわ、交代よ……」

彼が充分に前と後ろの味と匂いを堪能した頃、奈月が言って身を起こしてきた。

入れ替わりに仰向けになり、康一は温かく息づくセレーネの肌に身を投げ出した。

すると奈月が彼の脚の間に腹這い、長い髪でサラリと股間を覆って中に熱い息を籠もらせた。

亀頭にしゃぶり付き、ネットリと舌をからめてくると、

「歯を無くしてみて……」

康一は快感に悶えながら言った。

すると奈月の口の中から歯が消え失せ、唾液にぬめった歯茎がモグモグと幹を締め付けて吸ってくれた。

「ああ、気持ちいい……」

康一は妖しい快感に喘ぎ、奈月の口の中で唾液にまみれた幹を震わせた。

奈月もスッポリと喉の奥まで呑み込んで吸い、長い舌を蠢かせ、歯茎のマッサージを繰り返しながらしゃぶり続けた。

「い、いきそう。入れたい……」

急激に絶頂を迫らせて言うと、奈月はチュパッと口を引き離し、身を起こして跨がってきた。

すでに可愛い口からは綺麗な歯並びが覗いている。

奈月は唾液にまみれた先端を膣口にあてがい、ヌルヌルッと一気に根元まで受け入れて股間を密着させた。

「アアッ……！」

奈月が顔を仰け反らせて喘ぎ、すぐにも身を重ねてきた。

康一も抱き留め、肉襞の摩擦と締め付けに包まれながら幹を震わせて快感を嚙み締めた。

ズンズンと股間を突き上げながら唇を求め、舌をからめてトロリとした生温かな唾液をすすった。彼女もことさらに唾液を注ぎ込み、康一はうっとりと喉を潤して美少女の舌を舐めた。

「もっと息の匂いを濃くして。悪臭と感じる一歩手前ぐらいの濃度に」

言いながら奈月の開いた口に鼻を押しつけると、熱く湿り気ある息の果実臭が激しく濃くなり、甘美に胸に沁み込んできた。

あるいは江戸時代の美少女は、これぐらい濃い匂いだったのではないかと思えるほどで、彼は刺激に幹を震わせながら突き上げを激しくさせていった。

「ああ、いい匂い、いきそう……」

康一は高まりながら口走った。

「顔中ヌルヌルにして……」

言うと奈月も長い舌を彼の鼻や頬に這い回らせ、生温かな唾液でパックするようにヌルヌルにまみれさせてくれた。

たちまち康一は、甘酸っぱい濃厚な匂いと肉襞の摩擦に昇り詰めてしまった。

「く……！」

突き上がる絶頂の快感に呻き、熱い大量のザーメンをドクンドクンと勢いよく柔肉の奥にほとばしらせると、

「気持ちいい……、アアーッ……！」

奈月も噴出を感じて声を上ずらせ、オルガスムスに達した。

ガクガクと狂おしく身悶え、膣内をキュッキュッと忙しげに収縮させた。

康一は腰を跳ね上げながら快感を嚙み締め、心置きなく最後の一滴まで出し尽くしていった。

「ああ……、気持ち良かった……」

康一は満足して喘ぎ、徐々に突き上げを弱めていった。

奈月も肌の強ばりを解き、力を抜いてグッタリと彼にもたれかかり、遠慮なく体重をかけてきた。

まだ膣内がきつく締まり、刺激されたペニスが過敏にヒクヒクと震えた。

そして彼は妖しい美少女の重みと温もり、そしてセレーネの感触と温もりにも挟まれながら、うっとりと余韻を味わった。

忙しげに弾む甘酸っぱい息を嗅ぐたび、またその刺激ですぐにもペニスが回復してしまいそうだった。

「今ので、はっきり命中したのが分かったわ……」

奈月が、荒い呼吸とともに囁いた。

「本当？　僕の子が中に……」

「ええ、五十年かけてしっかり育つわ」

彼女が言い、康一も何やら感無量だった。

そして五十年後、彼は奈月の体内に取り込まれ、さらにセレーネの中に融合していくのだ。

その間は、無限の能力で存分に楽しめることだろう。

「なぜ、僕が選ばれたの……」

康一は訊いてみた。確かに性欲は人より強かっただろうし、不良に苛《いじ》められて怒りのパワーも絶大だったと思うが、そんな少年はこの町にだっていくらでもいたことだろう。

「セレーネを怖がらないと確信したから」

奈月が答える。

「そんな、これほどの美女なんだから、巨大でも怖がらない奴は多いよ、きっと」

「いないわ。あなただけ」

「そうかな、そんなに僕は変わっていたのかな……」

奈月に言われ、康一は思った。

「東京で一人暮らししても、いつでも奈月は来てくれるのかな」

「ええ、どこへでも現れるわ」

「そう、安心した……」

彼は答え、呼吸を整えながら未来に思いを馳《は》せた。

(さあ、明日は卒業式だ……)

康一は思い、セレーネの肌の上で、またムクムクと回復していくのを覚えたのだった……。


(了)

＊本作品はフィクションです。作品内に登場する人名、地名、団体名等は実在のものとは関係ありません。

長編小説
ゆうわく堕天使《だてんし》
睦月影郎《むつきかげろう》
2015年12月23日　初版第一刷発行

ブックデザイン……………………橋元浩明(sowhat.Inc.)

発行人……………………………………………後藤明信
発行所…………………………………株式会社竹書房
〒102-0072　東京都千代田区飯田橋2－7－3
電話　03-3264-1576（代表）
03-3234-6301（編集）
http://www.takeshobo.co.jp
印刷・製本…………………………凸版印刷株式会社


ISBN978-4-8019-0568-9　C0193